零崎曲識的人間人間

Illustration take

Author
NISIOISIN
Illustration take Cover Design Veia

零崎曲識的人間人間

西尾維新 NISIOISIN

Illustration take

零崎曲識的人間人間1
行囊樂園之戰

零崎曲識的人間人間2
皇家王權飯店的音階

Illustration take
Cover Design Veia

零崎曲識的人間人間3 Crash Classic的會面

零崎曲識的人間人間4 最後終極的生平願望

登場人物簡介

零崎曲識(ZEROZAKI MAGASHIKI)——殺人鬼。
零崎雙識(ZEROZAKI SOUSHIKI)——殺人鬼。
零崎軋識(ZEROZAKI KISHISHIKI)——殺人鬼。
零崎人識(ZEROZAKI HITOSHIKI)——殺人鬼。
無桐伊織(MUTOU IORI)——殺人鬼。
匂宮出夢(NIOUNOMIYA IZUMU)——殺手。
總角芭瑞絲(AGEMAKI PARESU)——殺手。
總角蘿舞敦(AGEMAKI ROUDO)——殺手。
總角莎耶菈(AGEMAKI SAERA)——殺手。
哀川潤(AIKAWA JYUN)——最強。
想影真心(OMOKAGE MAGOKORO)——最終。
西東天(SAITO TAKASHI)——最惡。
架城明樂(KAJYOU AKIRA)——邪惡。
由比濱璞尼子(YUIGAHAMA PUNIKO)——女僕。
罪口積雪(TUMIGUCHI TUMIYUKI)——武器工匠。
右下露蕾蘿(MIGISHITA RURERO)——人偶師。
荻原子荻(HAGIHARA SHIOGI)——軍師。

「真奇妙，」同行者大叫著。「這已經是今天第二個碰到跟你說同樣話的人了吧？」

「第一位提這件事的人是誰呢？」我問道。

「是個在醫院化學實驗室裡的男人。他雖然找到了合適的房間，可是一個人租的話太貴了，說找不到願意分擔一半房租的人，今天早上在大發牢騷。」

「那正好！」我大聲說道。「如果那個人是真的想找個能分擔一半房租的的人，那麼我就是最適合的人選。與其自己獨居，我還比較喜歡跟別人一起住。」

史丹佛透過酒杯，一臉不可思議的表情看著我。

「你應該還不認識夏洛克・福爾摩斯這個男人吧。只要跟他一起住，就算是你，或許也會想要逃之夭夭呢。」

《血字的研究》 by 柯南・道爾

零崎曲識的人間人間

1

行囊樂園之戰

◆◆

行囊樂園——是個今年即將開園十週年，在某縣某地的娛樂類主題樂園。從這個賣弄風情又奇幻的名稱應該很容易可以推測出來，一開始創立的主旨是「大人為了想要重返童心的大人所設立的遊樂園」。不過歷經了日本經濟十年之間的波折後，現在這占地廣大的遊樂園之內，幾乎充斥著「急速降落」、「超快速」、「發抖」、「慘叫」之類的字眼，全都是一些別說讓人找回童心了，簡直就是宛如讓人恨不得重回母親子宮的考驗，恐怖到讓人尖叫的重力類遊樂設施。讀者鎖定為年輕人的娛樂消息雜誌上面，常常介紹這裡是「最接近天堂的遊樂園」。這種情況中，以「這個世界絕無僅有」的這個意義來說，天堂與地獄其實是同義詞。不過，就算是這樣，不知是否受到「行囊樂園」這樣的標籤所影響，或是即使發展不順也不願放棄當初的主旨，一般就讓人尖叫的重力類遊樂設施而言都會婉拒身高一百一十公分以下孩童搭乘，但是園裡卻設有為數不少讓孩童也能遊玩的「孩童用尖叫遊樂設施」。不知道是哪裡搞錯了，這種營運方向非常受到歡迎，現今在適合全家出遊的主題樂園中，非常走紅。

門票大人是日幣五千元，孩童半價。

門票直接就可以當作園內通行證，只要入園了，一天之內愛玩哪個遊樂設施都不限次數——但是，據說幾乎沒有一天之中可以玩超過五個的遊客。儘管排隊時間很長（平均要一個小時），不過主要原因是體力與精神都無法負擔。連摩天輪都以將近時速一百公里的速度轉動的這個遊樂園，情侶一起來的話有一半都會以分手收場的傳聞講得煞有其事，不過原因應該是在於排隊排太久的影響吧。從頭到尾，這裡都是為了擁有切也切不斷的牢固牽絆的一家人所設立的主題樂園。

好了。

某月某日，一星期當中的某一天。

不，星期幾應該很清楚——是星期天。

行囊樂園的入口大門前，站了一個身穿學生制服的國中女生。頭髮梳整成左右兩邊各一個髮髻，是個樣貌看來非常聰明的少女。

少女看著時鐘。

上午十一點五十九分。

還有一分鐘，就是正午了。

「就個性來說，我不覺得他是個會遲到的男人——反而看來會是個比約好的時間還要早來三十分鐘的人。」

少女用誰也聽不到的低聲發著牢騷。

似乎心情非常不好的樣子。

「真的摸不透那個人。」

行囊樂園開門的時間是上午九點。

雖說入園的尖峰時間已經過了，不過畢竟是星期天，人潮依然絡繹不絕。從最近的車站綿延一直線的全家出遊的人們接連走進園內，少女斜著眼，以沒什麼大不了的眼神看了看。

「家人……呀。」

是嗎——她百無聊賴地說著這短短的一句話。

那表情非常不像國中生——不過即使如此，也是個大人絕對不會出現的表情。

只是，充滿著，寂寞的感覺。

「…………」

「嗨唷！子荻妹妹！」

有人叫她。

有個用破壞了這種寂寞氣氛，不會看人臉色的洪亮聲音一邊大叫，一邊走近的男人身影。是個手腳修長得奇怪，身材宛如金線工藝品，身穿西裝的男人。整頭頭髮往後梳，戴著銀框眼鏡的年輕男人——不過，雖說年輕，跟國中生約好見面，感覺上似乎還是有點引人側目。

但是，少女無疑就是在等這個男人的樣子——儘管笑容有些僵硬。

「雙識先生，午安。」

她還是笑著，對男人輕輕揮手。

時間剛好是正午。

「約好的時間分秒不差，不會遲到也不會早到，會以秒為單位在完全正確的時間出現的男人……明明沒有做什麼罪大惡極的事情，反而比什麼都來得正確無誤，但是感覺上給人最深的印象卻不好……」

「嗯？妳在說什麼？」

「沒有啦，沒什麼。」

面對男人的問題，少女用依舊僵硬的笑容回應。

「對了，雙識先生，謝謝你今天找我出來。我實在好期待好期待，昨天晚上都睡不著了呢。」

少女這麼說。

「呵呵，不用介意。要說期待，我也是一樣呀。我從一個星期前就一直睡不著了。」

「哎呀，你還真是會開玩笑。」

少女雖然這麼說，但自然不是沒注意到了男人雙眼底下明顯的黑眼圈。只不過，因為要是奇怪地擴充話題，似乎就會變得沉重起來，所以不希望事情如此發展。看起來是這樣。

證據就是——

「那我們動身吧，雙識先生。」

少女立刻中斷了這個話題。

「嗯，也是啦——對了，子荻妹妹，妳有沒有忘了什麼？我們說好了，在只有我們兩個人獨處的時候，妳要怎麼叫我的？」

「……大、大哥哥……」

與其說是僵硬，不如說少女的表情已經是成不了笑容的樣子。不過男人似乎很滿意這個回答，非常用力「嗯嗯嗯」地點頭。

然後兩人朝著售票處走去。

在這個時候，男人彷彿理所當然般地摟住少女肩膀。

「…………」

少女雖然瞬間身體僵硬，卻不發一語。

看到她這個樣子，男人的手朝著她的臀部伸去。

「……………！」

她當然產生抵抗的反應。

「啊、啊啊，子荻妹妹妳誤會了。是因為有蟲子黏在妳的裙子上──」

行為大膽，但藉口很敷衍。

少女說了句「是這樣嗎」後，就沒有繼續追究下去。儘管外表看來年紀明顯差了一大截，但讓人搞不清楚到底是誰的年紀比較大。

「可是呀，子荻妹妹，這個包包頭髮型還真是適合妳呢。」

總之這是在稱讚女性的頭髮，男人說著彷彿是根據有點老派的理論而發的臺詞。

「是嗎？我平常不太弄成這個髮型，所以自己覺得有些怪怪的……不過總之好像很難得……因為大哥哥說要帶我去遊樂園，所以我得努力打扮得漂亮點才行。」

「這樣呀，真是我的榮幸。」

「如果不是校規規定外出也得穿制服的話，我就可以打扮得更好看了。」

「因為那是名滿天下的貴族千金學校，澄百合學園嘛，這也是沒辦法的。能拿到外出許可，就已經像是奇蹟了。而且我完全不介意妳穿制服呀。說真的，以我的立場來說，要說子荻妹妹的價值只有制服，可一點都不誇張。」

這根本就不算是什麼安慰，要當是挖苦也有點怪怪的，只不過是曝露出了自己的惡習的話語而已。不過少女應了句「是哦，也許是吧」，高明地充耳不聞。

「總之，這樣可以順利拿到學生優惠，不也挺好的？這身打扮應該一眼就看得出來妳是國中生了。」

「……這個遊樂園，只有小學生可以買孩童票吧？」

「咦？是這樣嗎？」

「沒錯。簡介手冊上面是這樣寫的。」

「這樣子呀……唔，這就有點傷腦筋了。子荻妹妹，妳錢有帶夠嗎？」

男人似乎一點都沒有要替少女付錢的樣子。

沒出息。

對了，還沒介紹他們兩個人。

少女的名字叫萩原子荻。

男人的名字叫零崎雙識。

◆　◆

自從道地的殺人鬼集團‧零崎一賊開始奇妙的戰爭之後，已經過了一段不短的時間——即使如此，要嚴格說清楚這場戰爭究竟始於何處，其實非常困難。因為從根本上來說，屬於零崎一賊的任何一個成員，都無法正確掌握到自己這群人是在跟誰，或是跟什麼對象，為了什麼原因在戰鬥著。有時以為是在與其戰鬥的對象，其實卻是毫無關係的；有時心想原來如此，其實在不知不覺中已經和完全無關的對象戰鬥著，更嚴重的時候甚至是都還沒注意到怎麼回事戰鬥就結束了——似乎只是在重複著這種無意義的事情。這本來就是有許許多多麻煩的殺人鬼集團——或許其實一開始就沒有發生什麼戰爭。

不過可以確定一件事情。

零崎一賊的長兄——「第二十人地獄」的零崎雙識，事到如今在這裡是肯定的。

例如說雙識本身就是原因的「狙擊手」事件，例如說在雀之竹取山發生的事件。還有其他，到處屢次發生的那些以零崎一賊為目標，有如狙擊般的諸多事件——外表看來像是毫無關聯的那些事情，其實應該都是統合在某一個意志底下才引發的。

零崎一賊遭到鎖定了。

遭到某個人——而且是，確實地。

與五年前的「大戰爭」相比，雙識這一連串的事情叫做「小小的戰爭」——然而這個「小小的戰爭」，從前提來看是很奇怪的。零崎一賊以恐怖與恐慌為賣點，應該不會有明明熟知這一點還會以零崎一賊為目標的人存在——因為本來就不可能存在這種人的。

小小的戰爭。

主謀者。

沒有查出誰是主謀者，只是一味去面對、去回應，不停地消極被動——只是持續地遭到擺弄的話，即使是零崎一賊，也會每況愈下的。得想點什麼辦法，早日揪出幕後的主謀才行。

目前的戰局很難說占到了便宜。

零崎一賊在「殺之名」七名之中，因其各自特異的性格，同時人數也不是那麼多——花費時間的消耗戰打起來極為吃力。雖然這一點反過來看表示他們的優勢是有著高度的機動力，但是因為大家都這麼認為，所以零崎一賊反而被追得走投無路——這是零崎雙識的見解。

現今這時候，感覺到有個主謀者存在的就只有雙識。儘管暫且向一賊其他的殺人鬼暗示此事，但卻沒有能夠完全說服所有人的證據。

別說證據了，全都是推測而已。

就跟「感覺到」這種說法一樣，可說只是單純的直覺。

所以，無法說服他人也是莫可奈何的。

反而情況原本就應該是這樣。

因為零崎一賊就是**非得遭人鎖定的殺人鬼集團**。

為了不遭狙擊——所以組成了幫派。

這樣的話，身為零崎一賊的長兄，就有必要負起責任找出主謀者——這就是此時此刻零崎雙識的立場。

不過，這次他約在行囊樂園見面的國中生萩原子荻，不是別人正是主謀者——以零崎一賊為目標的小小的戰爭的主謀者。雙識卻尚未察覺此事。

萩原子荻。

身為以名滿天下的貴族千金學校「澄百合學園」為偽裝的傭兵培育集團——國中部一年級的總代表，這就是她的立場。站在指揮與指導戰爭的軍師的立場，她毫無例外地一路管理監督著至今為止的所有戰爭。

戰局非常有利。

倘若事情這樣依照計畫發展下去，可確定的是應該要不了多久，我軍就能夠取得勝利了——話雖如此，其中也不是完全沒有不穩定的因素。

就是家族。

雖然人少，但不是用血緣而是用戰鬥的血流成河聯繫著的殺人鬼集團，團結一致的向心力畢竟是個威脅。不論人數方面占了多大優勢，但我方的棋子基本上全都是領日薪的傭兵，對方卻是土生土長的老手集團——這個差距，在彼此近距離接觸的時候，出乎意料地影響重大。特別是零崎一賊戰鬥層面上的兩個中心人物零崎雙識與零崎軋識，讓人感到棘手難對付。

以大剪刀為武器，人稱「自殺自願」的零崎雙識。

以狼牙棒為武器，人稱「愚神禮贊」的零崎軋識。

儘管打從一開始就很清楚這一點，不過倘若不對這兩個殺人鬼做點什麼，總有一天在某個時候，他們可能就會讓戰局整個翻轉過來。這樣的擔憂沒辦法從腦海中消去。

再加上，還有零崎人識的事情……

完全出乎子荻意料的，那個臉上有刺青的少年，隨著戰鬥的情勢變化，逐漸帶來不小的麻煩。唯一可算是不幸中的大幸，就是不知道為什麼那個少年明明身為零崎一賊的一員，但對於這個組織的歸屬感卻格外薄弱這一點。

因此眼前——只要顧這兩個中心人物就好。

實際上，不論戰鬥如何占得優勢，只要一天不分出高下，這都是無濟於事——特別是從子荻這種立場不安定的人的角度來看。

由於子荻是軍師，所以並不是自己實際上拿著刀劍戰鬥。既然她提出傷亡慘重的作戰方式，策動以必有犧牲為前提的戰鬥，那麼沒得出個結果就只會以她是個傻子作結。說的極端一點，軍師的失敗就等同於利敵行為。

所以這場戰爭如果失敗，那萩原子荻就完蛋了。

就走投無路這個意義來說，身為事件主謀者的子荻也是處境相同——打從一開始到最後，她總是把自己置於走投無路的立場之中。在能夠肯定說出成功殲滅了零崎一賊的那一瞬間之前，她的心靈是得不到寧靜的。

不。

事情結束之時，她的內心究竟能否得到寧靜，應該是沒有任何人可以知道的。

總之——問題在於零崎雙識與零崎軋識。

非得**想點辦法**處理這兩個人。

就在上個星期，子荻深切感受到有必要這麼做——參加她計畫中早晚要發動的作戰計畫的，某個約二十人左右的戰鬥集團受到了**某人**的襲擊，落了個慘不忍睹的毀滅下場。不能說子荻等人因此受到了直接的傷害——反正那本來就是預定用完就丟的低階戰鬥集團。只不過，因為那個戰鬥集團也是作戰計畫的齒輪之一，所以今後的方向明顯地不得不有所調整改變。因為不論是多麼小的一個齒輪，並不是只要少了後準備個替換用的就沒事了。

還不能夠明確地斷定說那個進行襲擊的**某人**，就是零崎一賊的人或是相關人士——說不定其實是意料之外，是完全無關的方面因為惡有惡報才遭到襲擊的。然而，假設那個**某人**看穿了子荻的企圖，於是**先下手為強**——那麼不論如何都不能予以冷眼旁觀。

慢慢地冷靜下來集中精神，儘管絲毫沒有打算要去改變原本的「與其說目標是明確的勝利，不如說確定已經勝利在手才是重點」這個思維底下的作戰方針本身，但這樣一來就不太能說這是件悠哉的事情。我方好像只是被對方吃掉一枚步兵，但是或許能夠早一步阻止對方的飛車跟角進攻才是上策（註1）。

她是這麼想的。

然後——就有了這次的約會。

雖然在雀之竹取山決戰的時候，子荻理所當然是在前線擔任指揮，但是她成功隱瞞這個身分與零崎雙識接觸。不是以軍師，而是以貴族千金學校的一個學生的身分，認識了零崎雙識。雙識對子荻完全不疑有他——他對子荻根本鬆懈得徹頭徹尾。話雖如此，就戰鬥能力而言沒有超出一般人能力範圍的子荻，與殺人鬼零崎雙識之間的力量差距，並不是靠著鬆懈程度就有可能完成暗殺行動的。

所以，她請託他人來執行暗殺殺人鬼這個任務。不過，在她目前手上的棋子裡，具備能與「第二十人地獄」零崎雙識並駕齊驅的戰鬥能力者並沒有多少，而且那些棋子全都是目前正在其他計畫中活動的人。現在有空的人，不論如何都比雙識差了好幾個等級。就算用好幾個人進行偷襲或暗算，雙識應該也能夠順利地加以擊退吧。雖然就跟國中女生來往這一點來看，雙識不過就是個變態，但如果就軍師的立場將他視為對手，那可就再也找不到像他這麼難纏的了。

但是——倘若有了個**累贅**，那又另當別論。

1　步兵、飛車與角，都是日本將棋的棋子名稱。步兵相當於象棋當中的兵，飛車相當於車。角又稱「角行」，相當於象棋中的象。

身邊有個手無縛雞之力，就讀貴族千金學校的溫柔少女在，沒有人可以在這種情況下依然跟平常一樣進行戰鬥的。何況就零崎一賊的排他性來說，雙識應該不習慣以守勢為主的戰鬥。這樣一來，約會地點行囊樂園對子荻而言，就是個絕佳的獵場。不，她絕對不是厭煩那些每天寄來，數量以百封為計算單位，死命找她出來約會的簡訊，因而才認輸赴約的。

只不過，很難說這就是個極有可能成功的低風險作戰方法。因為萩原子荻身為戰爭的主謀者一事，不只敵方，連對**我方大部分**的人都是機密事項。也就是說——這次主動扮演「累贅」這個角色的萩原子荻，有可能會在本次行動中遭牽連而喪命。

然而這是不得已的風險。

不能把零崎雙識的約會對象這個任務交給別人——除了子荻大致上用女校當賣點之外，就算能夠在學園內挑選出符合雙識喜好的容貌與性格的人，但無奈全都是將那種技術在戰鬥層面特殊化的學生，面對危機時會本能地應對的那些女孩，大概**不可能成為稱職的累贅**。還有，萩原子荻的軍師身分，認為這個時間點還有不夠成熟的部分，要把自己那些可愛的棋子送上戰場也就罷了，要送到變態身邊則又是另一件讓人多少會抗拒的事情。

話雖如此，她不能下「不要傷害跟零崎雙識約會的那個女生」之類的不自然指令。倘若沒有「連同那個女生在內，把零崎雙識做掉」這種指令，這應該就成不了**那些女孩的工作**了吧。

至少還有個老師在。

子荻不得不這麼想——當然，她並不認為在與零崎一賊的戰鬥之中，始終希望保持中立的市井遊馬老師，會協助她完成這種計畫之外的作戰行動。但是，老師放長假目前正在美國一事還是讓人感到萬分遺憾。

老師好像說過，是跟朋友一起去旅行。

一離開戰場，本來就是立刻輕鬆下來——子荻這麼想著。

不過，實際上，子荻不知道，這趟旅行並不如她所以為的那麼輕鬆愉快。那個所謂「跟遊馬一起去美國的朋友」，其實是個年輕的人類最強之承包人，這一點子荻並不知道。順帶一提，如果試著接收在同一天同一時刻，人在美利堅合眾國德克薩斯州休士頓的市井遊馬的聲音，就會聽到：

「不要——！」

「救命呀——！」

「不要過來——！」

「我要回去！我要回日本去——！」

「我不想死！我不想死呀——！」

「饒了我吧！我願意做牛做馬請放過我！」

類似這些的話語。

如果這些全部都是面對著**朋友**被逼出口的話語，那真是比什麼都來得恐怖的真相。

而且，市井遊馬這趟美國之行的紀念品，就是帶某個女孩回到日本，不久之後還將那個女孩託給子荻照顧。在這個時候，子荻畢竟還無從得知，那個女孩是個跟西条玉藻同等級的問題兒童一事。

總而言之。

關於實際戰鬥時擔任領導人的零崎軋識，與現在唯一的問題兒童西条玉藻，已經托付給背叛同盟的人們——這麼一來，子荻也要兼任的任務，非得把注意力放在戰鬥指揮方面的領導人零崎雙識身上不可。

匂宮雜技團分家「總角」。

它的實戰團隊，就是總角三姊妹。

總角芭瑞絲、總角蘿舞敦、總角莎耶菈。

她們就是這次經過再三嚴選出來的結果，也就是軍師・萩原子荻對準**自己人**派出的刺客。

◆　◆

穿著西裝的成年男子與穿著制服的國中女生，根據觀看的角度不同，可能會非常充滿犯罪氣息的兩人走進了主題樂園。有另外一組雙人組合企圖追上他們，拿出入場卷給服務人員看，也進入了行囊樂園。

這個雙人組也是個根據觀看的角度不同，會是非常充滿犯罪氣息的——不，如果就倫理或道德層面而言，不能說他們的可疑程度超過走在前面的兩個人。但是，這個外表大約二十歲的男人與國中男生的組合，就這種情況來看，鐵定是非常奇怪沒錯。假使行囊樂園不是個獨樹一格的遊樂園，恐怕找遍天下也根本找不到兩個男人單獨到這一類地方來的例子。

而且這個雙人組，成員分開來看都還是十分有個性，散發出些許的異彩。約莫二十歲的男人，身上的服裝別說是來遊樂園玩，就算走在街上也是非常不搭，因為那是件折縫正確無誤的燕尾服，胸口的口袋也慎重地放了一條工整的手帕。帶著點波浪狀的及肩黑髮，跟端正的五官與燕尾服非常搭配，但是燕尾服並不是配得好就沒事的衣服。男人右手提著個巨大的長方形硬殼盒子。跟在他後面的國中男生，服裝雖是隨處可見的學生制服，但右臉上的刺青則給了這少年決定性的特徵。

「還不錯。」

穿著燕尾服的男人說道。

「我幾乎不會來這種地方，不過感覺起來這裡似乎——還滿快樂的樣子呢。有不少全家出遊的人，對於像我這種殺人鬼來說看了真是礙眼呀——」

「…………」

相對的，臉上刺青的少年則是明白地露出厭煩的表情。可能是以為這反應是種不滿，燕尾服男人開口：

「人識，你怎麼了？」

接著轉過身面對後方。

「你還真是沉默寡言呀，人識。雖然作為一個弟弟而言，你沒有學到阿願的多嘴嘮叨，對我來說是件好事，但你這樣不發一語我們是無法溝通的。」

「……難得的星期天被人硬拉來這種鬼地方，我能跟你愉快交談才有鬼吧。」名喚人識的少年以前所未有的不痛快說道。

「何況你還親自招呼我呀，曲識哥。」

然後彷彿是補充說明一般，挖苦地這麼說：

「人稱『少女趣味』的零崎曲識——你的傳聞我已經聽得夠多了，不過真要說起來，這還是我第一次跟你兩個人單獨行動呢，對吧？如果是這樣，那這真是個不得了的第一印象。」

「為什麼這麼說？」

以挖苦完全行不通的態度，對著人識這麼問道的燕尾服男人——零崎曲識。

「就算是這樣，我也打算盡全力跟你溝通後再退讓。」

「你的行動根本就沒有半點退讓的意思——從根本說起來，你要給我好好說明幹麼搶走我的星期天啦！硬把我帶到這種鬼地方來——拜託你饒了我吧。不管是你還是大哥還是老大，你們到底把我要準備考試這回事當成什麼了？」

「我覺得那是業餘的休閒活動。」

曲識毫不考慮，斬釘截鐵地說道。

「如果沒有阿願的援助，我就要你馬上從國中休學——更不用說去考什麼高中了。」

「哈哈哈。我得以安穩地享受國中生活，也是託大哥的福呀。」

「一點都沒錯。所以為了阿願，犧牲你一生中數不盡的星期天當中的一個這種小事也沒什麼大不了吧——這樣的星期天，也不錯。」

一邊交談一邊前進的曲識與人識，視線的前方始終都有兩個人物的身影——不用說，當然是零崎雙識和萩原子荻。不過這個時候，曲識也好人識也罷，全都不認識萩原子荻——他們眼裡看的不過就是個身穿學生制服的國中女生而已。兩人焦點的中心，不論如何都是已知的，身為**家人**的零崎雙識。由於雙識個子高，體格好歹算是顯眼，所以要跟蹤也很容易。

人識憤恨地說了句「這什麼鬼」。

「總之都到這裡來了，事到如今我也不能逃回去——曲識哥，你也差不多該把此行的目的告訴我了吧。為什麼我非得要跟蹤那個變態哥哥不行？他跟蹤我的話是很正常啦，不過這樣一來我們的立場完全顛倒了。」

「呵，確實是完全顛倒了呢。」

「而且，看著大哥他跟那麼可愛的女生在約會……這該怎麼說呢……看起來不是另一種折磨嗎？那個變態，是在哪裡認識那個女生的呀？不對，在哪裡認識的這一點都不重要，那個女生也有問題，為什麼要跟大哥那種人到遊樂園來？我知道世界上有各式各樣的人存在，可是不管怎麼稀奇古怪，應該都不會有這種人吧。沒有沒有沒有沒有絕對沒有。」

「呵，確實是不可能有呢。但是，現在我們的眼前就發生了這不可能存在的事情。我們也只能接受了。」

曲識對人識的怨言也是事不關己般地保持冷靜。話雖如此，他似乎還是覺得有必要大致說明一下。

於是，他轉向面對人識。

「唔？哦，對了對了，大哥好像說過……什麼小小的戰爭來著的？可是，雖然發生了一連串奇怪的事件，但是並沒有明確的證據證明它們彼此之間是有關聯的吧？」

「可是，阿願都那樣說了應該就是那樣吧。還不錯。」

「……我認為你對兄長的信賴非常了不起，加上我也受到了不少的損害，所以這有道理可言。雖然我完全沒有要否定的企圖，可是這跟這次的跟蹤行動有什麼關係？你該不會要跟我說，那個女生就是狙擊零崎一賊的主謀者吧？」

人識若無其事地掠過接近真實的地方，然而本人對此毫無自覺，曲識也果斷地說「應該不會有這種事情吧」加以否定了。

「那個人只是個普通的國中生，好像是阿願認識的通信網友吧。不久之前，他曾經跟我炫燿過——就我聽過的部分來說，這應該是他們第二次約出來碰面。」

「網友呀。我想就是因為用電子郵件來往，大哥的變態才會特別引人注意吧……實在是個喜好怪異的女生呀。算了不重要。」

「或者我們也可以從那個女生其實也是個變態的這方面來思考。還不錯。」

「不對，這樣漏洞百出吧。」

「總之——我個人判斷，這是阿願的作戰方式。」

曲識這麼說。

「阿願為了改變戰局**而向敵方設下了陷阱**——不，應該不是這麼積極的行動才對。一定是他被逼得不得不這麼做。把自己當成誘餌，對敵人行使聲東擊西之計。」

「什麼誘餌呀……」

「身為零崎一賊長兄的男人，為什麼愛跟普通的國中生變成網友，這我實在是想不通——不過，阿願大概早就想到過這一點了吧。要不然的話，在這個零崎一賊全體正在進行嚴肅沉重戰爭的時候，我想不到阿願還能跟國中女生無憂無慮約會的理由何在。因為故意把**會變成累贅的普通人**放在身邊，敵人就會更容易狙擊自己——這麼一想的話，遊樂園約會的這種情境，也就可以接受了。超過這種程度的人潮，就會非常適合暗殺行動——為了一賊會毫不猶豫讓自己置身險境。我所認識的零崎雙識，就是這種男人。」

「……不對，我所認識的零崎雙識呀，是個就算正在進行嚴肅沉重的戰爭，只要能跟國中女生約會，就會拋棄一切不顧的男人……」

「怎麼可能！他雖然那副樣子，但也是一賊的長兄。應該不可能會以那種敷衍的態度工作吧。」
「所以他該不會微妙地沒在工作吧……」
「人識，你別講太多家人的壞話。」
普通的動怒。
非常理所當然的事。
人識接受了這怒氣，臉上浮現苦笑：「真是的，你也會講以你來說還挺中聽的話嘛。」
「我真服了你呀，人識。你的嘴巴真的有夠毒的。要是你老講這些，今年的聖誕節說不定就收不到聖誕老公公給你的禮物了喔。」
「天呀，我都長這麼大了，早就不信聖誕老公公那一套啦。」
「這樣呀。最近的小孩都沒有夢想呢。不過，工作方式是把禮物放進襪子裡面，也難怪你不相信有這回事……」
「不不不，我不相信的不是聖誕老公公的工作方式，而是他本身的存在……該不會，你認識那個傢伙呀？」
彷彿是拒絕曲識這不知到底有多少成分為真的話語，
「算了。」
人識這麼說道。
「仔細一想，大哥他是在打什麼算盤才想跟國中女生約會，完全不是我能理解的事情，我完全想不通為什麼呀。如果他以為別人會因此嫉妒他，那我可受不了。就算要誘拐國中生，那個女生怎麼看也比我還要小呀——哈哈哈，如果是個年紀比他大而且長得高的女生，就會突然跑來搗亂破壞約會吧。不過，即使你說的沒錯，那我們這樣跟蹤他們又是為什麼？你該不會是想要妨礙大哥的約會吧？」

對著似乎是在攪和般地說著「真是這樣的話那我就幫你吧」的人識，曲識開口：

「不是的。」

短短地應了句。

「反而是相反——我們的任務，就是收拾應當會現身出來攻擊阿願的刺客。」

「……啥？」

人識彷彿是不自主地反應出根本沒有思考過這回事，面有慍色。

「這什麼意思——是說我們要當大哥的保鑣嗎？要幫他平安無事順利完成約會？」

「約會本身並沒有什麼大不了的。反正是阿願那個人，應該不會順利吧。」

曲識說著缺少溫柔的話語。

不過依然是，

「可是——阿願這種讓自己置身危險以誘敵出來的戰術，我是碰巧知道的。就是因為知道了，才不能忽視。」

接著這麼說道。

「你在胡說什麼——裝帥講什麼好聽話呀，『脫逃的曲識』先生。我的確聽到消息說，你並不想要參加這場戰爭。在零崎一賊之中，你是唯一跟這次一連串的事件毫無關係的人——是有這麼回事吧。」

人識說了句「老大也抱怨了很多喔」。

曲識露出淺淺的微笑回應「我想也是」。

「阿贊的抱怨就像是工作一樣呀，呵。沒錯，我是不喜歡隨機殺人。但是——人識，好吧，我就用好懂的方式解釋給你聽吧。一個星期之前的星期天晚上，你人在哪？在做什麼？」

「什麼？」

話題突然大跳躍——表情並不是對此感到吃驚的人識，清楚地把視線從曲識臉上移開。

「你幹麼沒頭沒腦這樣問？就算你問我這種以前的事情，我也沒辦法立刻想起來呀——我想想看，上個星期天、上個星期天——我在做什麼呀？是不是在看重播的連續劇？」

「……一個星期前的晚上，有某個小規模的戰鬥集團瓦解了。如果只是這樣，那也沒什麼大不了的，這種事情多得很——可是，我覺得有點不對勁，所以稍微調查了一下。」

「你、你還真閒呀。」

「是呀，就是因為我很閒才有辦法做到——就算說我是為了這種時刻才保持清閒的狀態，我想也不是誇大其詞。總之這是在騙你的啦。然後，根據我調查的結果顯示

——那個集團蘊藏著總有一天會做出對零崎一賊不利的行動的可能性。」

「你、你你、你是在說可能，對吧？」

「嗯，是在說可能的事情——有可能有某人預測到這一點，所以事先擊潰了那個集團。」

曲識說了句「話雖如此」後，繼續說道：

「一個星期前的星期天晚上——你人在哪？在做什麼？」

「哈、哈哈哈，哦，原來如此原來是這樣呀，也就是說你是在調查我的不在家證明嗎？」

「是的，你說的對……嗯？不對，你說錯了，人識。我不是在調查不在家證明，我是在調查不在場證明。我的目的並不是要你在這個時候跟我打哈哈開玩笑。」

文不對題的正經回答。

原本的目的應該就是要岔開話題的人識，這麼一來反而變成了走投無路。

「為、為什麼你要問我這種事情啦？曲識哥，該不會你在懷疑我吧？啊，不，對哦，你是不是就像推理劇常有的情節，是個扮演會說『請不要放在心上，因為所有相關人士我都會訊問』的角色？」

「不是。」

搖頭否認的曲識。

「我只有問你而已。」

「…………」

「我不打算問你之外的其他人。」

「我的天呀！你這樣不就等於是無視於推理作品的理論嗎！你為什麼會直接懷疑是我幹的？」

「推理作品？我對這種上個世紀的遺物沒有興趣。」

零崎曲識粗暴地說道。

接著露出泰然自若的表情，若無其事地繼續開口：

「人識，你不要想打混過去。是你幹的吧？」

「……嗯，是我幹的。」

似乎是在鬧彆扭一般，人識回答。

「是我一個人幹的。這又如何？」

「這樣的話，我們就是一樣的。」

曲識說道。

「我知道你跟零崎一賊保持著一定的距離——就這層意義上來說，你跟我是差不多的人。」

「我跟你差不多？拜託你別這麼說啦。」

「……也是啦。同為犯罪者，應該無法互相理解吧……雖然沒關係，但是你不覺得所謂的『犯罪者』（outlaw），以音樂來說的話，就是所謂的『結尾』嗎？」

「那應該是結尾（outro）吧！那是前奏（intro）的相反詞！前奏的相反詞啦！」

「日文寫起來只差一條表示長音的線，要區分清楚很困難呀——不對，這根本就無關緊要。」

「真的是毫無關係，怎樣都好的事情……」

「還不錯。對了，犯罪者足不出戶的情況，是不是稱之為『室內活動派』呀？」

「這是什麼『對了』！我還是第一次聽到有人這樣用『對了』的！你只不過是把你想到的事情脫口而出講出來而已吧！」

「總而言之——人識，你在一個星期前所做的事情，跟我接下來要去做的事情，是一樣的——我是想告訴你這個。」

「……你不要搞錯了，我並不是為了大哥或是零崎一賊才那麼做的喔。」

「呵。所謂的『傲嬌』屬性大為流行之後，傲嬌的人就是因為說出『你不要搞錯了！』這句話，才讓自己的裝模作樣的完美毀於一旦呀。」

「啥？『傲嬌』是什麼意思啦？」

「這是個能讓不管怎樣討人厭的人，你都可以善意地接納的神奇詞彙。因為我年紀像你這麼大的時候，是個還滿討人厭的人……可是，只要一想到那些討厭我的人全部都是傲嬌，我就覺得自己的少年時代其實過得還不錯。」

「那是你想太多……」

或是神智不清的幻覺。

人識似乎是受夠了似地這麼說。

「大哥他只是對我過度保護啦——」

然後又說了這句話。

「是你過度保護大哥吧。過度保護的變態加上過度保護的傻子呀，你們真是沒意思的搭檔呢。」

「我不在乎你怎麼解讀。當然，這是我一個人就可能充分完成的任務。我並不打算做任何多餘不必要的事情——我無意參加阿願所謂的『小小的戰爭』的行動方針絲毫沒變——但是，既然我知道了，我就不能忽視。既然知道一賊的長兄步入了絕境，我還沒有冷血到什麼不做只是袖手旁觀。」

視線往下落到右手拿著的巨大硬殼盒子上的零崎曲識。

「所以，人識，如果你不想讓阿願跟阿贊知道一個星期前的星期天晚上的事情，那我希望你能好好幫我。雖說是要你幫忙，不過你也用不著費什麼力氣——你只要掩護我的戰鬥行動就好了。這麼點小意思的協助，你就幫個忙也還不錯吧——」

接著，曲識的視線從硬殼盒子回到人識的方向——可是，已經看不到原本在那裡的，臉上有刺青的少年了。

「………………」

以沉著的動作，曲識東張西望環顧周圍——放眼望去已經找不到像人識的身影了。

「……哦，已經開始行動了呀。」

心想著人識就跟傳聞一樣行動得神出鬼沒，曲識露出微笑。

「人識這小子雖然不知道在囉唆什麼，可是還挺起勁的嘛——還不錯。總之，他積極幫忙的話就好了——應該會變成個很好的干擾吧。那麼，我也來做我該做的事情吧。」

「咚」的一聲，把硬殼盒子放到地上，似乎毫不在意旁人的眼光，零崎曲識打開了盒子。裡面裝著的東西，是跟他的燕尾服非常搭調的木管樂器——低音管（fagotto）。不過這是比標準的低音管更低一個八度音的，以長度一點四公尺，管長六公尺，重量六公斤的龐大體積為傲的，倍低音管（contrafagotto）。

動作熟練地把拆卸後分裝在盒子裡的零件拿出來，依照順序，眨眼之間就組合完成。把揹帶繞過脖子後，曲識緩緩地站起來。

他根據攜帶樂器所呈現的站姿完成了。

「當然，我並不喜歡隨機殺人。可是——如果是在這種時候，如果是在這種地方的話——」

零崎曲識。

人稱「少女趣味」的他——少根筋傻傻的，而且有著偏激思想，最重要的是他是個身為極致音樂家的殺人鬼。

「開始零崎，也還不錯。」

◆　◆

……大致的猜測並未出錯，但零崎人識並非為了積極刺探本次事情相關的部分，才從零崎曲識面前消失不見的。要說零崎曲識的看法錯得離譜也可以——話雖如此，人識倒也不是相反地企圖逃離現場。雖然這是他第一次跟曲識兩個人單獨行動，但他早就從零崎雙識與零崎軋識那邊聽說「想要逃出零崎曲識的手掌心是沒有意義的」此一說法，聽到都厭倦了。

那麼真相是什麼呢？其實很簡單。在曲識的注意力從人識移開，視線轉移到收納倍低音管的硬殼盒子上的那一瞬間——人識遭人綁走了。

宛如在瞬間表演完成的魔術般的漂亮手法。

等曲識的視線回到原地的時候，人識與綁架人識的那個人，全部都已經彷彿滑行地移動到截然不同的建築物的陰影處了。

當然，能瞞過據說實力與零崎一賊兩大臺柱零崎雙識和零崎軋識在伯仲之間的零崎雙識的眼力，完成此一行動的人物，數量是非常有限的。

不，應該是說這個世界上，只有一個人有辦法做到。

是誰呢？

就是，匂宮出夢。

殺戮魔術集團匂宮雜技團，第十三期實驗的功罪之仔——就如同對名列「殺之名」

第三的零崎一賊來說，零崎人識是個隱藏的存在一般，匂宮出夢在名列「殺之名」第一的匂宮雜技團當中，也是個未公開的祕密。

黑色直髮隨風搖曳，用眼鏡把瀏海往上攏整固定，下半身套著皮褲，上半身赤裸著穿上皮衣的——嬌小少女。然而在那個身體之中——有著極端凶暴殘忍，身為「殺手」的少年意識。

匂宮出夢使用了全身每個部位——不但先對零崎人識使用關節技，還牢固地帶入地板技。手指插進人識的口中，讓他無法說話也無法大叫。

然後加上「哇哈哈——」出夢的哈哈大笑。

「唷，小零——你看起來過得很好嘛，那我就放心啦。小零精神好，我也會精神好喔——這已經算是一種愛了吧？哇哈哈！」

「唔……唔、唔、唔——！」

「我知道你很高興再次見到我，反應不要這麼高興——等到那個燕尾服大哥哥去別的地方，我就讓你可以講講話。嗯？那是什麼呀……低音管？好大喔……應該跟我的身高差不多吧？啊，他真的去別地方了，根本沒有要找你的意思呀。」

對著被壓制在地上的人識一邊說著實況轉播般的臺詞，出夢插在人識口中的手指同時也沒有休息，持續地玩弄人識的舌頭。這個舉動雖讓人識徹底失去抵抗的力氣，但等到不久後曲識完全消失不見之後，出夢就跟先前說的一樣，把修長的手指從人識的口中拔了出來。

手指移動到自己的嘴邊，出夢彷彿是理所當然一般地舔著人識留在上面的唾液。

「你、你這王八蛋……」

人識死命扭轉身體，充滿殺意彷彿要刺死人的視線射向出夢——面對著這樣的反應，出夢只是做了個鬼臉，吐吐舌頭。

這又刺激了人識的怒火。

他很想大鬧一場——但是，只有一隻手得到了自由，出夢的地板技似乎讓人識無法逃脫，兩個人的身體維持著原狀動也不動。真是可悲呀，雖說同為得意門生，但就現階段來說，零崎人識與匂宮出夢就是有實力上的差距。

「可惡——！」

人識只能發出這麼樣的怒吼。

「說起來，為什麼你這傢伙會在這裡！」

「咦——？你別說這種無情的話嘛！我跟你不是很要好的嗎？」

「哪裡要好了？」

「我們的關係不是『朋友以上，戀人圓滿』嗎？」

「我們是不相關的陌生人！」

「陌生人——也就是陌、生、人嗎？」

「為什麼你還要故意裝模作樣地再講一次？」

「哇哈哈——我為什麼會在這裡？當然是因為我追隨在我最愛的小零後面呀！難得

一個天氣這麼好的星期天，我本來想找小零一起出來玩的，可是你居然自己跑來這什麼遊樂園。」

「還有你為什麼會完全掌握住我的行蹤啦！」

「因為我是個優秀的殺手呀，田野調查這種工作也擅長得很——不過，進行調查的不是我，而是我的『妹妹』啦。」

出夢說完莫名其妙的話語，然後，

「那個燕尾服大哥哥，就是零崎曲識嗎？」

接著這麼說道。

「所以，那個身穿西裝外型帥氣的男人是零崎雙識……怎麼搞的怎麼搞的呀，和平的遊樂園裡，不像樣的演員正在蓄勢待發嗎？」

「是呀沒錯，你說的對極了。好了，匂宮出夢同學，你就盡情在這個遊樂園之中挑選你喜歡的伴遊對象吧。像我這種無關痛養的小卒子就放我走吧，看你要大哥還是曲識哥，朝著你喜愛的人奔去吧。」

「我不是說我最愛的人是你嗎？哇——我好羨慕小零喔——可以被我這麼可愛的女孩子看上眼，真是好好好好喔！」

「不要對我死纏爛打，你這個軟體動物！說起來你算哪門子可愛女孩，你根本就是男生！」

「啊，無所謂啦，就像身體是女生，內心卻是男生那樣吧？不過要改成動畫的時候，聲優應該還由女性擔任吧。」

「哪來改成動畫的計畫啦！就算有這種計畫，但是像你這種腦子只有性欲跟殺戮的極端角色，一定在製作途中就會遭到刪除的！」

「不要說這種掃興的話嘛。性欲，不是件好事嗎？發音稍微改一下，變成『賽紐』的話，感覺就很像美國的地名了。」

「這到底是怎樣改來的啦！」

「寫法稍微改一下，改成『SAY YO Q！』的話，就很像是饒舌歌手來擔任益智遊戲出謎題的人名了。」

「可惡！王八蛋，不知不覺中聽起來還挺好玩的！」

這是公正的判定。

零崎人識出人意料地是個公平公正的國中生。

這種性格遭到了利用。

「……可是就算你能掩飾性欲，可是應該就沒辦法掩飾殺戮之心了吧。」

「哎呀真討厭，小零你的想法已經落入固執的限制了喔。你為什麼會認為那是部普通的動畫呢？說是動畫沒錯啦，不過可是黏土動畫呀。因為很可愛，所以殺戮也沒關係。」

「你的想法確實很獨特創新，但是這怎麼可能沒關係！而且有哪裡的哪個人會替你做黏土動畫這種麻煩要死的工作！」

「說的也是。」

兩個人交談著聽起來氣氛還挺開心的，不過當然在這對話進行的時候，出夢的地板技也沒有鬆手。倘若是普通人，遭到這種等級的地板技壓制，即使筋骨或關節會發出怪聲也很正常，但似乎可以說是人識努力的成果，讓他可以勉強避開這種下場。

「啊——好啦好啦，匂宮出夢。我知道我知道了啦，我就陪你玩吧——你不是說你想跟我一起玩嗎？既然如此，那我就陪你玩個過癮。反正我本來就覺得來當大哥的護衛這行動無聊死了。等一下說不定會惹毛曲識哥啦，但是也只能不管他了。我們先移動到其他比較方便的地方去吧，我就殺掉你肢解你排列收集你曝曬你吧。」

「雖然勞動你說這麼棒的勝利臺詞讓我很過意不去，不過小零呀，你可別誤會了——我也不是一天二十四小時隨時想著要玩樂的人——殺戮活動是一天一個小時這樣。就是因為我有好好守規矩，所以玩起來才開心。」

「……那，你是想幹麼啦。」

「你問我想幹麼？我想想喔——對了，小零，我剛剛有稍微聽到一點點，你跟那位燕尾服大哥哥的對話。我覺得呀，我好像得向小零你道謝才行呢。」

「啥？」

面對扭轉著身體反問的人識，出夢猛然把臉湊了上去，然後直接咬住人識的臉頰一帶。

「很痛噯！你你你這傢伙搞屁呀！」

「喀哈哈！」

在遭到反擊之前迅速放開。

似乎只是輕輕咬一下，人識的臉頰只留下了輕微的齒痕。

「就是那個呀，一個星期前的星期天晚上的事情——你對燕尾服大哥哥說『是我一個人幹的』，這不是在袒護我嗎？其實是靠著你跟我，我們兩個人幹的好事。」

「…………」

「怎麼不說話了？」

用裝模作樣的可愛說話方式，出夢問道。

「如果你跟那個燕尾服大哥哥告密我的事情，就不會再遭到我的糾纏……說不定，是可以擺脫我啦。儘管如此，打從一開始，你好像就沒跟任何人講過我的事情。」

「這又沒什麼特殊意義……只不過是因為連提起你都覺得討厭，所以才絕口不提。」

「哇哈哈，這可真是個讓人高興的理由呀。可是不管是什麼理由，託你的福我才得救可是事實——就立場來說，本來這件事情我必須靜觀其變就好，不過因為這樣，我決定要幫你一把了。」

「…………？」

得救了？

這話聽起來怪怪的——人識再次，扭轉身體。

這次被出夢舔了一口。

滿是唾液的舌頭，猛然舔上臉頰。

「……哎呀，你沒生氣呀？連我做這種事情你都沒生氣了。既然你沒生氣，那可不可以麻煩你告訴我，你說『得救了』是什麼意思？」

就遣詞用句的方面來說，這人識已是換了一個人。

這就是他怒火中燒有多嚴重的證據。

「歸納一下從剛才開始到現在的對話，簡單來說，你跟燕尾服大哥哥應該是為了要保護『自殺志願』零崎雙識，才到這個遊樂園來的吧？因為自殺志願身為自殺志願，會招來他的仇敵，才故意在這種地方跟女學生約會——對吧。」

「大哥有可能只是單純在享受約會的樂趣而已……搞不好一開始他就是打這個算盤的，不過也有可能在約會途中高興過頭，早就迷失原本的目的。」

「你這個人，根本就不信任你的大哥吧。」

「他是個跟你一樣的麻煩變態。」

「是哦。可是呀——就算自殺志願設下了陷阱，現在那個陷阱抓到的獵物則是大得出乎意料喔。」

「啥？」

「總角三姊妹——總角芭瑞絲、總角蘿舞敦、總角莎耶菈。殺戮奇術集團匂宮雜技團分家——『總角』的實戰團隊。零崎人識，我老實告訴你吧。」

出夢的嘴脣靠近人識的耳邊，以宛如呢喃的微小聲音說道：

「對你來說，這還是個重擔。」

「…………………………」

「不久之前，我曾經跟總角三姊妹稍微玩過一會兒——當然是我取得壓倒性的勝利，不過如果她們在那之後順利地成長，那應該就會更加難纏了。在分家之中，她們也是最近顯著地嶄露頭角的一群……哦，雖然是『總角』跟『頭角』，不過這並不是在說這兩個詞彙有關係喔？哇哈哈。」

「就算這兩詞彙看起來很像，可是唸法又不一樣，我不覺得有必要加上解釋……說到一個星期之前的事情……目前，關於零崎一賊直接面對的情況，匂宮出夢，你知道些什麼嗎？你想想看，竹取山的事情——」

「嗯，就是我跟小零你充滿衝擊性的邂逅吧。那真是浪漫的回憶呀！……討厭啦，又不是你腦子裡在想什麼，我就能全部都知道。」

「…………？」

「似乎有一個正打算破壞『殺之名』七名彼此**平衡**的人——我也可以告訴你是誰啦。因為如果我說太多的話，就會不小心介入這顆星球的歷史了呀。」

「你是搭乘時光機，而且還是從外太空來這個遊樂園的嗎？」

「總之這次我是從跟這個不同的管道得到情報的。要是洩漏出去，分家那些人就會出現不妥當的舉動，所以只是覺得好玩才稍微看了一下子而已——唉，這也不是我做的，是我『妹妹』做的。」

「妹妹……」

「下次我介紹給你認識吧？我的『妹妹』，很可愛的喔。哇哈哈。總而言之，本來我還不知道總角那群人在打什麼算盤，不過就在剛剛，聽過你跟燕尾服大哥哥交談的內容之後，我終於了解了——那群傢伙，鎖定的目標就是自殺志願吧。三個人通力合作，而且自殺志願還有個累贅在身邊，這應該是輕鬆愉快的工作吧。」

「……你是打算不讓我去干擾你們分家那些人的工作嗎？你這傢伙，到底是站在哪一邊的？一個星期前——」

「——一個星期前我應該也說過了吧？我並不是因為想跟誰站在同一邊才做這種事情的喔。不管是一個星期前的事情，還是竹取山的事情，甚至是這次的事情，我都是放手讓你隨便幹——這是在打發時間呀。分家那些人的工作怎麼樣都可以。但是，小零，你是無法與總角三姊妹匹敵的，所以我才這樣出手幫你一把。因為我愛你愛到無法自拔呀。總之呢，看樣子，說不定自殺志願跟燕尾服大哥哥會被總角三姊妹殺掉，不過事情就是這樣，我希望你可以死心。弱肉強食就是世間常理。」

「所以——」

零崎人識說道。

「也就是說——你除了綁架我這回事之外，並沒有意願要涉入這次的事情囉？」

「嗯？是呀。只要你平安無事，我就心滿意足了。現在這就是最重要的事項，我只關心這個。自殺志願跟總角三姊妹怎樣都好啥樣都行。」

「……你忘記**燕尾服大哥哥**了。」

哈哈哈——人識笑著。

「『少女趣味』零崎曲識。除了個性討厭戰鬥之外，知名度與華麗程度怎麼都比不過大哥跟老大——慢著，如果要論身為殺人鬼的純粹實力，他是一賊中最出類拔萃的。你以為我為什麼要乖乖聽他的話跟到這種偏僻的遊樂園來？就是因為我非常了解。第一，反抗那個人是沒用的；第二，只要跟那個人一起行動，我就不會有人身危險——對於這些我深深地了解到。」

「……你不是在講勝利臺詞吧？」

人識的話語，反而讓出夢的反應格外冷淡。

「被我這樣窮追不捨之下，你這個變態根本完全就是在發情了，還敢說這種話。」

「你不要亂散播謠言！自從認識你之後，我的人格就變得亂七八糟了！」

「那是你有被害妄想症。」

「才不是！這是被殺妄想症！」

「你在說什麼呀，小零。就是因為你沒來找我，所以被我這麼下流地亂吻一通。」

「事情變成這樣為什麼反而是我要被當成變態！天底下我就是不想被你還有大哥說是變態！」

「可是你不是講了十分有意思的話嗎——原來如此原來如此。有關少女趣味，我『妹妹』的調查確實顯示是有很多不清楚的地方……你說的話也有一番道理。好，零崎人識，那就來賭一賭好了。看是總角三姊妹會完成工作，還是燕尾服大哥哥……少女趣味會保護自殺志願脫險呢？我當然是押注在總角三姊妹這邊。如果我贏了，我想想看嘛……我就要你今天晚上跟我一起在床上度過。」

「為什麼我非得參加這種高風險的賭博不可！」

「哦，這樣呀？搞啥呀，結果你根本是沒信心嘛。你只是因為氣憤到失去理智，所以才忍不住吹噓起來的吧。哎呀哎呀沒關係，我也是個認真地不肯服輸，很孩子氣的人呢。」

這個時候此等低水準的挑釁就連小學生都不會上當，然而人識——

「哈？別開玩笑了！我當然充滿信心了！我根本就沒有理由要對你氣憤到失去理智！」

竟然主動在自掘墳墓。

「相對的，如果我贏了那你無論如何要答應我……不，一個月……？……一個星期！一個星期不准出現在我面前！」

軟弱的要求。

足以跟自己的貞操對等交換的要求居然只有這種水準。這可說是跟匂宮出夢來往，人識的心靈已顯消沉的證據。

「好，賭局成立了。」

出夢的臉上浮現出宛如想說這結果一如預期的好勝表情，然後，終於讓人識從地板技的痛苦中解放出來。雖說是解放，但還是維持把單手扭轉到背後這最低限度的控制，並沒有完全給予自由。

「那麼，我們就兩個人和樂融融地去觀賞吧——觀賞『少女趣味』零崎曲識的戰鬥。不管是哪一方戰敗，對我來說應該都會是十分愉快的事情。」

賭局成立。

萬萬沒想到，對軍師萩原子荻而言，身為不確定因素的零崎人識，就因此被排除在戰局之外了——同樣地，對正在把零崎軋識從這次的舞臺加以剔除的她來說，這樣一來情況應當已是萬無一失。

當然，她並沒有忘記。

她並沒有忘記「少女趣味」零崎曲識的存在——但是，至今為止的戰鬥之中，從未以任何型態出手過，真面目不清楚的殺人鬼，會突然咬上來的機率應該低到可以忽視掉也無妨吧。她是這麼判斷的。

忽視機率，以及判斷錯誤，當然，會左右今後事態的發展——

◆　◆

身穿燕尾服加上拿著倍低音管，零崎曲識的身影確實是別具特色，不過由於是在可說是經常舉辦各種活動的主題樂園之內，看起來就像是**某種活動的一部分**，所以並未那麼引人側目。但是身為罪魁禍首的曲識，打從一開始就沒有在意旁人的眼光——他以完全不理會園內的人潮的態度，快步不停在人與人之間的縫隙中有如穿針引線般地移動，然後，

「小姐——」

他對著一個身穿行囊樂園工作人員服裝，帽子戴得很低的女人開口。大約二十五、六歲的女人，手拿掃帚與畚箕，似乎是負責園內清潔工作的員工——看起來是這樣，但零崎曲識似乎看到的不是這樣。

曲識這麼說。

女人一時之間無視曲識的存在，繼續打掃。

「小姐，我在跟妳說話——妳不可以不理遊客。」

「…………」

「呼」的嘆了一口氣之後，女人把掃帚與畚箕靠著附近的花圃放好後，動作緩慢地轉身面向曲識。

「你是誰？」

這種說法——並非工作人員面對遊客應有的態度。

「能夠一眼看穿我的真實身分的人——到目前為止還挺少見的。」

「妳散發出這麼強烈的殺氣，我才沒在管妳的真實身分是什麼。」

「殺氣？……原來如此。」

女人露出恍然大悟的笑容。

「你——是零崎一賊的人嗎？」

「雖然妳們對阿願好像警戒得很嚴密，但對第三者就有所疏忽了，這就不值得讚賞了呀——我是零崎曲識。我先告訴妳一件事情讓妳參考，有人是這麼叫我的——『少女趣味』。」

「零崎曲識……少女趣味呀。」

女人點點頭。

「我是總角芭瑞絲。我是總角三姊妹的長女，總角芭瑞絲。」

報上了名字。

看樣子這讓曲識有些吃驚。

「這種情況，以前可是很少見的呢——面對著零崎一賊，儘管知道對手就是零崎一賊，還敢光明正大報上名字的人。」

「零崎一賊的威風，已經變成殘骸了。」

女人——芭瑞絲說道。

「不對——是即將經由我們總角三姊妹的手變成殘骸。」

「妳的野心真是簡單明瞭。總角……我記得，應該是匂宮雜技團的分家沒錯吧？」

「沒錯——即使如此，我也不打算永遠安於只當個分家。」

「就是所謂的改革派嗎？」

「一點都沒錯。」

即使一邊說話，芭瑞絲依然一邊慢慢地往旁邊移動。曲識也同樣地隨著她一起移動——基於彼此的默契，兩個人正在尋找**容易戰鬥的地方**。

零崎一賊與匂宮雜技團分家。

儘管立場相異——但彼此都是職業的高手。

「我也聽說過——零崎曲識這個名字，還有作為你的別號的少女趣味這個稱呼。不論如何你可是大名鼎鼎——跟自殺志願、愚神禮贊同樣出名的殺人鬼。我從以前，就很想跟你見上一面。」

「這是我的光榮。」

「……不過，你比起自殺志願跟愚神禮贊，是個更加詳情未明的殺人鬼……我聽說過你是個鮮少出現在臺前的高手。」

「我又不是幽靈。該我人在的地方我就會在——該我出場的時候我就會出場。」

曲識淡淡地說「因為我是殺人鬼呀」。

相對於他，芭瑞絲在「你是殺人鬼吧——」的拉長語尾處，停下了腳步。似乎是估量這一帶是個好地方。曲識方面也沒有意見的樣子，彷彿是模仿芭瑞絲一般地停下行動。兩個人就這樣子——暫時面對面。

雙方，應該都是在刺探彼此的本事。

「素食主義者。」

過了一會兒，芭瑞絲說道。

「這麼一說，我就想起來了——少女趣味好像是零崎一賊中唯一的素食主義者吧？在以隨機殺人為宗旨的殺人鬼集團之中，只有你一個人，有時候會對殺害的對象嚴格要求條件，有時候又不會——」

「還不錯。」

曲識這麼說，接著聳了聳肩。

「妳說的對，我是素食主義者——所以運氣才會好。通常來說，想要仇害零崎一賊的人，一般的情況是一家老小全部殺光光——不過只有我是例外。**只要符合條件**，別說是一家老小了，有時候我甚至連當事人都不會殺就了結事情。」

「哦，你的意思是說你還**挺溫柔**的嗎？」

「我才不溫柔。」

曲識說道。

「這只不過是規定——很像有意義的意義是沒有意義的。」

「……那我問你，所謂的條件是什麼？」

芭瑞絲以不是多麼有興趣想知道的態度問道。

「我符合你的條件嗎？還是不符合？」

「這一點妳就用自己的身體來確認看看就好了吧。」

「就是因為不能用自己的身體確認，所以才開口問你的呀——因為**不管怎麼樣**，你都沒有辦法，下手殺了我。」

咻咻——芭瑞絲的手輕輕往下一揮，一個像是棍棒的物體從工作人員服裝的袖口掉了出來。宛如棍棒的物體——不，那是鐵製的拐子。芭瑞絲把那鐵拐在自己的胸前交錯，擺好架式。

「雖然我有過許許多多的錯誤嘗試——不過看樣子，這個武器是最適合我的性格的。我要你一開始就給我拿出真本事，少女趣味。我本來就沒有跟你糾纏的閒工夫——要是不快點收拾完畢，我就會跟丟自殺志願了。」

「鐵拐呀……還不錯。」

曲識從上到下眺望著她的架式。

「兼具攻擊與防禦，好武器。」

「你也快點準備一下怎麼樣？反正，那個低音管應該是你擅長的武器吧？」

芭瑞絲用鐵拐的打擊部位指著曲識掛在脖子上的木管樂器。

「這樣光明正大被迫炫燿實在是讓人不快……不過這是因為少女趣味是聲音師的緣故。」

「誰知道是怎樣呢。」

雖然曲識一度想要裝傻，但感覺不出來他是認真想要蒙混過去——似乎也無意否認芭瑞絲的說法。

接受了他的反應，芭瑞絲繼續說道：

「聲音師……真是特殊的屬性呢，可是就是因為這種特殊屬性，只要了解這一點的話，就能掌握到你所有的本領了。聲音師大致可分為兩種類型，一種是利用聲音調整他人的精神狀態，另一種則是把聲音的衝擊波直接當成攻擊的武器使用。哦，還有一種……例外的一種，有的會像是以前的搖滾明星那樣，直接把樂器本身當成武器來使用……那麼，你是屬於哪一種呢？」

「這個——也請妳用自己的身體——」

「確認看看吧！」

你也是吧！

於是，芭瑞絲沒有把話對曲識說完，便揮舞著鐵拐，朝著曲識的位置衝了過去——她眨眼之間就將兩個人之間絕對不算短的距離予以縮短，立刻對曲識展開了攻擊。

儘管閃避過了這一擊——然而，曲識不但沒有反擊的意願，也沒有接受芭瑞絲攻擊的打算。

幾乎就要說出「另一方面——」。

零崎曲識舌頭暖暖地地含住插在低音管吹口管（bocal）中的簧片。

「作曲——零崎曲識。」

一邊靈活地只靠著上半身的動作避開了鐵拐接連不斷的攻擊，零崎曲識一邊說道。

「作品No.12——『沙地』。」

低音樂器的倍低音管，基本上並不適合獨奏——但是這厚重的樂聲迴盪在聽者的內心深處。

彷彿足以支配聽者的心靈。

「唔……！」

突然——總角芭瑞絲的動作就要停止。

不，「就要停止」之類的簡單說法難以確切表示——應當要用更明白、更真實的「**動作已經停止了**」來描述。

就是——暫時停止。

「唔……唔、唔唔……」

鐵拐在攻擊軌道上停了下來——宛如徹底遺忘一味痛苦呻吟的芭瑞絲，曲識心無旁騖地演奏著。

這精采的演奏甚至讓曲識微微冒出了汗珠。雖然這裡是個適合職業高手戰鬥的死角，但依然還是在遊樂園裡頭，音量這麼大的演奏一開始，似乎還是引起了周圍一般遊客的側目——

不過，並沒有人在注意這兩個人。

就算是暫時出現，但看到身穿燕尾服的樂器演奏者與身穿工作人員制服的女人走得很近的樣子，遊客應該也會視此為主題樂園內的一幅景象，不至於難以接受吧。

這已經，不能說是在戰鬥的情況了。

全心全意演奏倍低音管的男人，以及——在他面前，手握鐵拐動也不動的女人。

只不過是這麼一幅景色——而已。

「你是屬於前者那一種聲音師嗎……！」

混合著咬牙切齒的芭瑞絲狠狠地瞪著曲識。曲識給她的，就是這麼丁點自由。

一種是利用聲音調整他人的精神狀態。

「可、可是——這麼短的時間內，而且居然還可以這樣分出高下……嗎……？太可笑了——」

利用聲音進行精神感應，就跟芭瑞絲說的一樣，這種技術她非常熟悉——並沒有什麼特別的地方。從古典音樂帶來放鬆的效果，直到影像創作的背景音樂，這在日常生活中應當是司空見慣。在現代的社會中，甚至可以說音樂是管理人類的一種最有效率的方法。

激昂的音樂，平靜的音樂。

不愉快的音樂，神經質的音樂。

然而——音樂是依靠聲音的連續性構成的。如果想要產生戲劇性的效果，那需要相應的時間醞釀。於是，站在如芭瑞絲這種近身戰鬥型的高手的立場來看，敵我雙方彼此近距離接觸的情況下，精神感應型的聲音師本來就不足為懼。

所以，精神感應型的高手在「殺之名」中很少見——因為這是一種適合非戰鬥集團的「咒之名」的技術。

儘管說過自己想要多方面調查，但總角芭瑞絲幾乎可以斷定，零崎曲識是屬於後者那一類。這一型的聲音師在遠距離戰鬥中非常不利——擁有「聲音」這種飛躍道具的人，只能進行接近戰。

就是因為這樣，芭瑞絲才會想要攻其不備地衝向曲識——

「……怎、怎麼可能——居然有這麼荒謬的事……唔，少女趣味……」

「妳放心吧。」

終於演奏完畢的時候，嘴巴離開簧片後，零崎曲識這麼說道。

「**妳不符合讓我殺死的條件**——總角芭瑞絲，我只要妳的身體暫時不能戰鬥而已。而且不只是這一次，我並不打算參加沒有成果的戰鬥行為。妳想怎麼樣就隨妳便吧——這次的事情也一樣，我只不過是因為偶然得知才一時興起加入的。」

曲識若無其事地從全身依然僵硬著的芭瑞絲手中搶走其中一個鐵拐——然後直接以順暢的動作，朝著芭瑞絲的頭部打了下去。傳出微小的聲音後，芭瑞絲昏了過去——即使如此，她的身體還是僵硬著，並未無力倒地。

「真是的……所謂的戰鬥真是沒有意義呀。根本沒有任何收穫。」

曲識把鐵拐依照原本的樣子，放回站著失去意識的總角芭瑞絲手中，接著立刻開始下一步行動。

「總之，先解決掉一個了。我記得是三姊妹吧……唉，如果這樣子就能了事，還不錯。」

◆　◆

「先生你好——」

這次是別人這麼樣喊住了曲識。

打倒使用鐵拐的總角芭瑞絲還不到三十分鐘的時候，曲識回頭一看，看到了一頭獅子。

不對。

真正的獅子是不會雙腳站立的。

背上也不會背著個行囊。

那是非常可愛，變形成圓滾滾的布偶模樣的獅子——行囊樂園的吉祥物「藍頓」。

這個藍頓獅，設計的概念總之就是和藹可親，深受小孩喜愛。可惜的是，如今遊樂園的主旨與開園之際相比，已經有了一百八十度的巨大轉變，藍頓獅的布偶在園內感覺起來多少有種格格不入。

現在這個時候，藍頓獅則比平常更來得格格不入。

大概是無計可施了吧，總之藍頓獅那軟綿綿的手上，正拿著不得了的雙節棍擺出迎戰架式。

「總角三姊妹次女——總角蘿舞敦。」

藍頓獅——不對，對方報上的名字是「蘿舞敦」。
這個名字，讓曲識稍微瞇起了眼，慢慢轉頭。
「我是……零崎一賊，『少女趣味』零崎曲識。」
彷彿是配合演出一般地自報姓名之後，
「我沒想到妳會主動來找我。」
這麼說道。
「剛剛，妳的姊姊問我的問題，這次換我問妳了……妳怎麼會知道？知道我就是零崎曲識。」
「這種充滿特色的打扮，反正不是隨便都有的吧。」
蘿舞敦說。
由於聲音透過布偶裝不太傳得出來，很難聽得清楚。不過，聽起來，好歹也是個很有女人味的聲音。
「姊姊通知我了。她說有一個身穿燕尾服，帶著倍低音管的男人，企圖干擾我們的行動。」
「這樣呀。她比我預期的還要早恢復意識呢。」
曲識似乎有些吃驚地說。
這好像是意料之外的事情。
「但是，嗯，就算她醒了，應該還是有一陣子無法戰鬥吧——我沒說錯吧？」

「你說對了。你可真是會給我們找麻煩呀，少女趣味先生——你還以為，我會這樣跟你說嗎？」

雖然套著布偶裝看不到表情，但這是一種明明自己的姊姊吞敗，卻依然從容不迫到讓人害怕的態度。

「應該說光是把原本不知真面目的不確定因素少女趣味引出來，這次的任務就可說是已經成功了——首先把你給收拾掉，然後再來清理自殺志願……這樣一來，我們總角三姊妹的名聲應該就會越來越響亮了吧。」

「還不錯。妳這種積極的正向思考，還不錯——不過，到底能不能順利如妳所願呢？人類有所謂要守本分這回事——過於龐大的野心會讓人身敗名裂的喔。」

「謝謝你的關心。」

蘿舞敦面露微笑。

畢竟這是個包在布偶裝內的笑容。

「你人真好——少女趣味先生。」

「所以——我人並不好。」

「呼——沒關係啦。不過，你會不會有點太瞧不起我們了？我希望你不要只因為打倒姊姊一個人就得意忘形起來。」

「我正打算給妳們一個適當的評價。」

零崎曲識一邊說著，一邊觀察著週遭。

這裡已經是個可說是園內死角的好地方。這次看樣子沒必要換場地——看樣子蘿舞敦也是在評估曲識到達一個合適的地點之後，才靠近出聲喊住曲識的。

還有如果是這段距離，便可清楚察覺到——蘿舞敦充滿了殺氣。

似乎是毫不留情想要致曲識於死地的強烈殺氣。

身為殺手，這是理所當然的吧。

可是……就曲識來說，這個對手……

「嗯……我搞不太清楚了。」

「你說什麼？」

「沒事——我是在說，我搞不太清楚是不是要殺了妳比較好。妳能夠穿上布偶裝的話，我就很難判斷妳是不是符合讓我殺死的條件……」

「……哦。」

「原來是這樣呀。」蘿舞敦這麼說道。「你也懷抱著愚蠢的堅持呀——雖然姊姊因此而沒死在你手上，但相對的就會輪到你遭人殺害了。這彷彿就像是聖人一般呀。」

「為什麼會變成妳說的這樣？妳只不過是知道我的服裝跟樂器的種類而已，對我根本不構成任何困擾。反而我甚至可以說，就是因為這樣才能把妳給騙出來。」

「並不是只有服裝跟樂器而已吧——當然，我已經聽說過了，你會怎麼用你那個倍低音管來**調皮搗蛋**。」

用音樂進行精神感應。

利用聲音調整他人精神狀態的這種聲音師。

「你的技術要在敵人不清楚底細的情況下行使，才能夠發揮本領吧。反過來說，如果一開始就摸清你有幾兩重——那幾乎就沒什麼好怕的了。」

「…………………」

「雖然我不知道你會在符合怎樣的條件的情況下殺人，不過我個人的殺人條件是這樣的——殺掉『知道自己的戰鬥方式』的敵人。」

「很可惜，水準這麼低的條件並不包括在我的標準內。這是一樣的，就跟知道服裝與樂器的種類一樣，就算妳了解我的戰鬥方法，我也絲毫不覺得困擾。」

「哦，是哦——」

零崎曲識對決總角蘿舞敦。

這次點燃戰火的，是曲識這一方。

「作曲——零崎曲識。」

話雖如此，但曲識所做的事情，就跟面對芭瑞絲的時候一樣，只是含住倍低音管的簧片，開始個人獨奏而已——

然而零崎曲識是聲音師。

「作品No.6——『溜滑梯』。」

他發出來的聲音不只是單純的聲音。

這一點，蘿舞敦應當已經從落敗的芭瑞絲那邊聽說過了。

去。

然而，蘿舞敦依舊，做出跟芭瑞絲同樣的行動——筆直地，朝著演奏的曲識衝了過

雙節棍。

在電影之類的作品中常常看到，雖然是個一看跟拐子很像的武器，但是再也沒有像這麼難對付的凶器了。蘿舞敦身穿厚重的布偶裝，完美地揮動著雙節棍——這就是一幅值得讓人說不出話來的景象了。

不過——這只是無意義的行為。

結果，在零崎曲識的音樂的支配下，總角蘿舞敦的所有動作都會被迫停下來——

「………唔！」

抱著低音管，做出宛如空翻的動作，曲識避開了雙節棍的攻擊軌道——總角蘿舞敦的動作沒有停止！

停止的是音樂。

曲識不由得，停止了演奏。

露出難以徹底隱藏內心震動的表情，曲識的視線看著身穿藍頓獅布偶裝的總角蘿舞敦——她完全沒有意願要趁勝追擊，咻咻咻咻地，彷彿是電影中的表演，耍弄著雙節棍。

「怎麼了呀，少女趣味先生……你的臉色還挺難看的呢。」

「……我要修正說法。看樣子，我的確是有點輕視妳了。」

「唷，挺乾脆的嘛。」

說完，蘿舞敦停止了雙節棍的動作。

「那麼，你就這樣乾脆地——去死吧。」

然後，蘿舞敦直接立刻轉向著空翻落地還沒變換姿勢的曲識——為了要給曲識致命一擊。

實際上，蘿舞敦採取的對付零崎曲識的方法極為單純。

就是——**玩偶裝**。

如同總角芭瑞絲變裝成工作人員，總角蘿舞敦則是變裝成藍頓獅。零崎曲識如此理所當然地理解這兩個人的行為，但其實並非如此。直到方才，蘿舞敦都跟芭瑞絲一樣，打扮成工作人員的樣子——聽芭瑞絲說完曲識的戰鬥方法後，她才為了要對付曲識而換穿藍頓獅的布偶裝。順帶一提，她為了得到這個藍頓獅的布偶裝所使用的手段，以及當時還活著的犧牲者等等問題自無須多言。如果要說那就只有一句話，就是身為殺手的蘿舞敦不擇手段，不厭犧牲別人。

聲音師。

支配人心的聲音。

為了防範這個聲音，可不是摀住耳朵就能輕鬆解決的——聲音是一種極致的空氣波，所以肌膚可以感受到。聲音會在整個身體之內迴響。因此徹底覆蓋住全身的布偶裝是必要的裝備。

沒有東西可以完美阻隔掉聲音的。

在厚重布料縫製而成的布偶裝內部，蘿舞敦的聲音聽來模糊不清——反過來說，從布偶裝外面聽到的聲音，聽起來是跟裡面**不一樣**的。

在精神感應時的聲音，是纖細，而且精密的。利用厚重的布偶裝造成聲音變調之後，便怎麼樣也不可能達成原本的目的。

於是——零崎曲識的精神感應對總角蘿舞敦是行不通的！

「作曲——零崎曲識。」

然而，儘管如此。

曲識面對著朝自己逼近的蘿舞敦——沒有逃開，而是再次含住了低音管的簧片。

沒錯——曲識還沒察覺到。這個過於簡單的道理，而且還有變裝這個先入為主的觀念，讓他似乎還不知道，不論如何自己的精神感應攻擊是在蘿舞敦身上起不了作用的

——

可是。

不論如何都行不通，這對他來說其實無關痛癢。

只要知道「行不通」這件事情，就足夠了。

知道了之後——就能有不同的做法。

「作品No.9——『攀爬架』。」

或許要說這是一首曲子是有點勉強。

雖說大略是演奏出了重低音的旋律——不過，比起音樂，這是比什麼都更像是大量的火藥爆炸時所發出的，巨大爆炸聲響。

伴隨著這聲響的破壞力，直接命中了蘿舞敦。

衝擊波。

即使是布偶裝厚重的布料——也能加以**貫穿**。

聲音——**在全身上下迴盪**。

等到明白發生了什麼事情之時——已經太遲了。她直接被打到朝著後方飛去，以仰躺的姿勢，呈現大字型倒地——離開雙手的雙節棍在空中轉呀轉的，然後，發出跟先前的巨大聲響相比老實說根本是不值一提的微弱聲音，落到了地面上。

「……唔、可惡——」

一邊全身厲害發抖痙攣到從布偶裝的上方往下看也能清楚看見，總角蘿舞敦一邊痛苦呻吟。

「剛、剛剛……剛剛是用聲音造成的衝擊波——」

把聲音的衝擊波直接當成攻擊的武器使用的類型。

並不是聲音轉調或是其他——欠缺纖細與精密的，碰碰碰碰，化為物體的聲音。

雖說在死角演奏，但低音管的演奏一般情況下都不會引人側目，這就是曲識是的用意，靠著一定的距離隔絕了——攻擊的聲音。

零崎曲識正在完全控制聲音。

「怎、怎麼可能……你、難道是，**兩者兼具**——」

「如果要我來說，這又不是血型，我不懂為什麼還要一一分門別類。**我不懂為什麼妳會無法想像世界上存在著可以兩者兼具的聲音師**——」

「怎、怎麼可能——」

兩種類型兼備的聲音師——零崎曲識。

精神感應與衝擊波，可以同時使用——而且，還如此熟練，具備這等威力！

「不可能……雖然同樣是聲音師，可是精神感應與衝擊波是截然不同的種類……不，根本就是完全相反……居然可以把相反的兩種技術，掌握到同等程度的成熟……這簡直像是一百公尺跟全程馬拉松，兩者都達到精通到極點……」

「嗯，妳比喻得好。還不錯。」

一邊說著——曲識一邊有些粗魯地，用腳把蘿舞敦穿著藍頓獅布偶裝的頭給踢開。裡頭出現的，是一張蒼白的年輕女孩的臉。是個比芭瑞絲小個一、兩歲，但從曲識的眼睛看來，似乎像是年長了一、兩歲的女孩。女孩沒有出現抵抗的舉動——不對，由於強大的衝擊波**貫穿**了全身上下，她就算想動也動不了。

「還不錯。」

看穿了這一點，零崎曲識說道。

「太好了。妳也跟妳姊姊一樣，並不符合讓我殺死的條件——我就忍耐不殺掉妳吧。還不錯。」

「…………………」

蘿舞敦早已經，什麼話都說不出來。

就連這種情況底下一定會出現的固定臺詞「你動手吧」都說不出口——應該是連說這麼句話的力氣都沒有了吧。曲識也不繼續多計較什麼，彷彿毫無留戀，乾脆地離開了這個地方。

「這樣一來就解決兩個人了，還剩下一個呀……嗯，不知道是怎樣的人——」

◆　◆

「…………唔！」

說真的，零崎曲識讓總角芭瑞絲與總角蘿舞敦兩個人無法戰鬥，就應該幾乎完成了這個星期天自己負責的工作了。總角三姊妹也只剩下一個了——區區一個對手，就算是帶著個累贅的零崎雙識，大概也可以對付。把敵方的戰力削減到剩下三分之一，已經可說是戰果輝煌了。曲識這時還不知道零崎人識遭到匂宮出夢限制行動一事——因為是自己有點強硬地把人識拖來的，所以他也雞婆地想如果不至少讓人識處理一個人的話那就不夠平衡。

而且——看下來，總角三姊妹的三女，大概終歸也不符合讓他動手殺死的條件吧。這麼一來，他在這種地方——久待下去就太礙眼了。

因為這個想法，所以零崎曲識決定打倒蘿舞敦之後就離開這個行囊樂園——雖說他是個極為古怪的人，不過他也沒有興趣去針對零崎一賊的長兄的約會，進行沒必要的偷窺與跟蹤。

興趣。

沒錯，他沒興趣。

所以——當那一擊從背後偷襲而來的時候，曲識可說是已經完全切斷了戰鬥意識——這種態度就是素食主義者，零崎曲識的天真之處。

勉勉強強閃避了那一擊。

不，很難說是成功迴避了。

掛著倍低音管的揹帶，遭到這一擊完美地割斷——倍低音管是個沉重的樂器，揹帶要是斷了，就只能直接摔到地面上——發出了對樂器來說無疑是產生不可挽救的傷害才會有的聲音，倍低音管重重摔到了柏油地面上。而且此時還有追加攻擊，讓這個木管樂器滾得遠遠的。

這攻擊恐怕一開始就是針對揹帶而來的吧。

所以，曲識才會感受不到殺氣。

因為零崎一賊對殺意有著敏銳的感覺，所以反而對不帶殺意的攻擊顯得遲鈍——在短暫的一瞬間之中，曲識企圖想要去追那彷彿像是趴在地上遭到打飛的倍低音管，但是他立刻就重新認知這大概是不可能做到的事情，便轉向發動攻擊的人的方向。

站在那裡的是個年幼的少女。

身穿有荷葉邊的裙子，配上乾淨白襯衫的女孩。

但是——

拿著長度跟她的體型不搭調的，三節棍。

「我是總角三姊妹的三女——總角莎耶菈。」

她以宛如鈴鐺般的聲音報上姓名。

「零崎曲識——你終於來了呀。你瞧不起我吧，我不會繞過你的。」

「……妳們姊妹的年紀還差得真多呀。」

停頓了好一會兒後，曲識說道。

「我有大致警戒一下了——看看有沒有人長得像長女與次女的，或者是有沒有穿著布偶裝靠過來的人……可是，我沒想到會出現像妳這樣的小孩子。」

「很吃驚對吧？我就是算準這一點。」

總角莎耶菈開心地笑了。

展現出的態度讓人以為沒有比這更像是孩子的天真無邪。

「就算不是這樣，行囊樂園這個地方，有這麼多的小孩子……這樣還滿好混入人群中讓人找不到吧？」

「嗯，還不錯。」

曲識如此回應莎耶菈的話語。

「長女用鐵拐，次女用雙節棍，然後身為三女的妳是用三節棍呀？還不錯……老實說，直到剛剛，我都還在想哪用得著我出馬呀——似乎不是這個樣子呢。由我出馬是十分正確的。妳們三姊妹，具備了可以跟我們對抗的資質——在帶著個累贅的情況底下……不，就算沒有累贅，如果是妳們三姊妹一起攻擊，說不定阿願那個傢伙就會意外被殺掉了。」

「即使如此，人識那小子到底在搞什麼鬼呀……」

曲識發著牢騷。

「你在那邊囉唆個什麼東西？少女趣味先生……話先說在前頭，即使你跟我求饒也是沒用的喔。不要以為你沒殺死姊姊她們，自己就不會被殺掉喔。我是個人情欠了兩倍也照樣賴債不還的女生。簡單來說，我反而希望你能殺掉那兩個輕輕鬆鬆就被你打倒的姊姊。這樣的話我就可以獨占功勞了。三個人一起攻擊？說真的這種小意思的任務，靠我一個人就綽綽有餘了。」

「……還不錯。」

曲識面對莎耶菈充滿傲慢的話語，一邊淺淺笑著，一邊這麼說道。

「小孩子就是要這樣子才對。雖說人類所作所為得合乎身分，但小孩子例外。」

「啥？你在胡說什麼？我覺得你有種從容不迫，而且還保持自負的感覺？好吧，因為你人很好，我就陪你稍微聊一下吧——反正我已經決定要殺掉你了。」

這樣一來，少女趣味也就任人宰割了。莎耶菈笑著這麼想。

回過神來，周圍已無人影。

似乎是與總角蘿舞敦一樣，估計好適當的時機後，莎耶菈才對曲識的揹帶發動攻擊。

也沒有人去撿起掉落在地上的倍低音管。

這是個——死角。

「那個大而無用的樂器……就是所謂的少女趣味嗎？總之，這是聲音師的弱點呀——沒有樂器，就什麼事也做不到。」

「妳別把樂器的事情說得這麼隨便。妳應該也有在吹豎笛之類的吧——當演奏出美妙的音樂之時，妳的內心不會感到激動嗎？」

「不要說這種像是音樂老師才會講的話啦，真煩人。可是，我真的不明白——為什麼你沒有殺掉姊姊她們？好像是她們不符合你的條件還是怎樣……總之說是這麼說啦，不過說真的你沒動手，我應該還是有點感謝你的吧？因為就算是那麼沒用，好歹她們也是我的姊姊。可是，你反而要因為你這麼做而喪命——」

「妳二姊也跟我說過同樣的話。」

曲識心想，這些人果然是姊妹。

這蘊藏著若干挑釁的話語，會沒有讓莎耶菈露出多麼劇烈的反應——應該是因為她認為自己處在具有壓倒性的優勢地位上吧。

「我聽說了喔，你的戰鬥方法——不，是你的技術……倒不如應該稱之為『才能』？

你是個聲音師，而且，還是對精神感應與衝擊波這兩種方式運用自如的聲音師——沒錯吧。」

「哦，妳的意思是妳二姊也很快就清醒過來了嗎？」

坦率表露出敬佩之意，曲識說道。

「真是了不起呀……也是啦，如果不是這樣，妳也不可能知道妳的姊姊『們』被我打倒的事情了。原來如此——還不錯。」

「你說『還不錯』是什麼意思？不要講這種敷衍的話啦，真討厭。假如要我們來說的話，三女居然是我這種這麼可愛的小女孩，這可是最高機密——事先準備好當頂替上場的三女，這是機密事項喔。可是你為什麼要放過知道你身為聲音師的屬性的對手？」

「我也跟妳二姊說過了。因為這麼點水準的東西我沒看在眼裡——我根本就沒有打算要偷偷摸摸隱藏起來。」

「不過，提到少女趣味這個名號，在零崎一賊之中，似乎知名度出乎意料地遭到壓抑呢。」

「像我這種水準的人並不能說是祕密，我只是單純地沒有存在感而已。」

真正的隱藏事項，不是這個——

曲識別有深意地，這麼說道。

「真正的隱藏事項？什麼意思？」

「就是因為是真正的，所以我可不能告訴妳。還不錯。」

「……真是，讓人不爽呀——你這種態度。」

莎耶菈說道。

確實是差不多到要對曲識的態度不耐煩的時候了。

「你應該很清楚自己現在已經陷入走投無路的生死存亡關頭了吧？你的生殺大權都在我的手上，而且已經判決你就是死刑了，你很清楚對吧？還是說，你該不會以為都到了這個節骨眼，還會有誰會來救你？零崎雙識他不會來的喔——現在那個傢伙呀，根本就人在另一個區域喔。」

「我沒指望他。而且，我也沒有指望會有其他人來救我。零崎一賊並不是個個會串通好行動的組織。」

「啥？那你剛剛幹的事情是怎麼回事？」

「沒有串通好又怎麼樣？」

「而且，」——曲識補充道：「我完全，不認為自己陷入了走投無路的生死存亡關頭——**這種小意思**，算什麼生死存亡？」

「…………」

「總角莎耶菈，妳明明連半點五年前的『大戰爭』的經驗都沒有還敢大放厥詞——妳不要對我耍什麼嘴皮子。跟當時**那離譜的紅色**相比——現在的狀況簡直就是遊樂園。」

簡直就是非常地，不錯——

零崎曲識這麼說道。

「你這個人真的是——算了，我無話可說了。」

莎耶菈對於這樣的曲識，似乎終於死心了——這是合乎道理的發展，身為「殺之名」中性質最不同的零崎一賊會想要認真地理解才是不合情理。

本來就是，「殺之名」。

殺手與殺人鬼。

要用語言溝通以彼此了解是無理的。

沒用的。

「你已經快死了喔——有時間在這邊胡言亂語個沒完的話，要不要跑過去把那個樂器撿起來？那叫什麼來著的呀……倍低……」

「倍低音管。」

曲識老老實實地訂正莎耶菈。

「也稱為低音大管（double bassoon）。」

「是哦。總而言之，如果你有自信速度比我還快，那就去拿回來無妨——不過在經歷過剛剛那麼漂亮的摔跌之後，我懷疑它還發不發得出像樣的聲音來呢。管樂器應該是很脆弱的東西吧？」

「速度要比妳快，這很簡單。」

曲識——接著老老實實地，這麼訂正莎耶菈。

「就算我先確認過妳的行動之後再行動，我也應該可以到達倍低音管的位置吧。」

「………………」

莎耶菈露出一副「不知道你在說什麼」的表情——這個男人，明明本來就已經超過自如運用兩種技術的聲音師的水準了，現在還想說他是個在身體能力方面也相當卓越的人嗎？當然，既然是「殺之名」，這方面的能力極限應該多少比一般人高，但不管怎麼說，理應無法期望會有這麼高的數值才對……

莎耶菈露出疑惑的眼神。

「如果妳認為我在說謊，那麼可以用那個三節棍攻擊我看看。」

曲識說道。

「然後，我再悠哉地去把倍低音管拿回來。這樣子的話——也不錯。」

「……哦，是這樣嗎！」

似乎終於是忍無可忍了。

明明應該是站在優勢的——不知不覺中卻變成自己被逼得走投無路的狀況。總角莎耶菈忍無可忍地發出怪聲，揮舞著三節棍，朝著零崎曲識的咽喉刺過去——**本來應該是這樣的**。

但是，**應該的事情全都沒有發生**。

莎耶菈的三節棍——動也不動。

不只是三節棍，連雙手、雙腳、軀體——整個身體都動彈不得。

「……咦？咦、咦咦咦——」

「妳怎麼不動呢？總角莎耶菈。這樣的話，就讓我先去把倍低音管拿回來吧。」

說完，曲識真的以悠哉的腳步移動到倍低音管所在的地方，寶貝地撿起那個在柏油地面上摩擦到傷痕累累的木管樂器。

姑且，試著含住簧片看看——莎耶菈說的對，發出的音色距離曲識所期待的相差了十萬八千里。

「唉……看樣子只能送修了。不對——只能再買新的了。」

「買、買新的——？」

「妳好像誤會了。」

即使如此，曲識還是一邊把倍低音管上面沾到髒汙用手擦掉，一邊轉身面對著無法行動的莎耶菈。

「少女趣味並不是這個倍低音管的名字——我並不像阿願或阿贊那樣，會把擅長的武器直接當作別號的由來。樂器，就單純只是樂器。光是存在就很完美了，但是就算想破頭，樂器充其量也只不過是種發出聲音的工具罷了。」

「你——」

「所謂的音樂，簡單來說就是聲音吧。反過來說，**只要有聲音**，對聲音師來說那就足夠了。即使沒有倍低音管，任何一種樂器也都可以。喇叭也好單簧管也好，豎琴也好吉他也好，太鼓也好定音鼓也好，木琴也好鐵琴也好，都沒有關係。也就是說——只要是『聲音』就可以了。」

「聲、聲音——」

「就是人說的話。」

曲識說道。

「謝謝妳剛才那麼好心陪我聊天——託妳的福，我撿回一命了。」

「啊……所以才會——！」

總角三姊妹長女總角芭瑞絲，在倍音管開始演奏之後精神的支配能力立刻遭到剝奪——這麼短的時間內要關鍵性地搶下身體的指揮權，本來就是不可能的。儘管芭瑞絲因此來判斷曲識的技術能力高低——但其實並非如此。

打從倍低音管開始演奏之前——曲識的支配行動就已經開始了。

小姐——從曲識這麼出聲攀談的階段開始，就已經在打基礎了。

利用自己的聲音、詞彙、字句等這些「聲音」——綁住對手的心靈。

「……這、這個倍低音管……還有那件燕尾服……都是偽裝吧！」

「偽裝？妳在說什麼？我是個音樂家。我只是同時是音樂家、聲音師，也是殺人鬼而已。我毫無要偽裝騙人的意思，是妳們擅自誤會我了——雖然這句話一點都不帥氣，不過姑且還是先說好了，就是——不要搞錯了。」

「唔——」

「『三節棍落地』。」

曲識以抑揚頓挫分明的發音這麼說道。

話一說完，莎耶菈的手指就自行動了起來——鬆開了本來握在手上的三節棍。儘管三節棍彷彿覆蓋一般地掉到莎耶菈的鞋子上，但她完全沒辦法做出任何反應。鬆開三節棍的那隻手，愚蠢地維持著張開的狀態。

「這——這是怎麼、回事……！」

「我們可以聊天聊這麼久的話，那我就算沒有倍低音管也足以對付妳了。妳身體的指揮權，已經完全屬於我了——也就是說我是妳的指揮者。『雙腳併攏，雙手貼在大腿旁邊放好』。」

想要違背，企圖抗拒，全都徒勞無功——總角莎耶菈的身體一如曲識所言地動作了。

不，那個總角莎耶菈的身體已經不再是總角莎耶菈的身體了。

那是零崎曲識的身體。

指揮權，以及所有權——都已是曲識的東西。

自己的身體不能如自己所願行動的恐懼——不，這是自己的身體如他人所願行動的恐懼。這比任何情況，都讓總角莎耶菈的內心戰慄。

那個著重奔放不羈，最討厭遭到別人束縛的零崎人識，之所以會乖乖聽曲識的話，乖乖跟著曲識到這偏僻的遊樂園的原因，也是在深知曲識的本事後點頭答應的

——姑且不管只要跟曲識一起行動究不會有人身危險這個次要的原因，光是違抗曲識也沒用的這最重要的原因，就能讓人毫無反抗之心乖乖點頭了。

人識從零崎雙識與零崎軋識那邊聽說過了，十分了解這一點。

違抗曲識的「話語」是沒有意義的。

「好了——這麼說起來，妳的大姊說過呢。說聲音師可以分成兩種類型……然後還有一種，算是例外的。就是**像是以前的搖滾明星那樣，直接把樂器本身當成武器來使用的類型**——」

「當然。」曲識說道。

一邊說著——一邊回到了莎耶菈所在的位置。

逃脫不了。

沒有曲識的許可——莎耶菈就無法逃脫。

「這個倍低音管也不是做不到這一點。全長一點四公尺，管長六公尺，重量六公斤……雖然是不像阿贊的『愚神禮贊』那樣啦，不過現在看樣子是不能再當樂器來用了，那這種使用方法也——還不錯。」

「唔……你、你這個人，少、少女趣味，我已經無法再戰鬥了——你就用那個樂器痛揍我一頓，然後跟對姊姊她們一樣放了我吧！」

「不。」

曲識對莎耶菈的這番話，非常冷淡地搖頭。

這是種伴隨著冷酷的動作。

「我要殺了妳。」

「……咦？」

「因為妳符合讓我殺死的條件……老實說，我已經忍耐得很辛苦了。這種到處都是全家出遊的遊樂園，符合條件人實在太多了……阿願的約會對象排名第一，真的是越看越想殺。雖然我是不希望可能會打擾他的約會，不過我至少得先殺一個人才行。」

走到張大嘴巴的莎耶菈面前，冷酷無情地，取識高舉起倍低音管。這是毫無猶豫的動作。

「『笑』。」

彷彿聽從於曲識的話語般，總角莎耶菈的表情製造出笑容的樣子——看到這笑容的形式，曲識滿意地點點頭。

「對——至少要像個人類，笑著死去。」

殺人不眨眼的惡鬼——殺人鬼。

殺人鬼集團，零崎一賊。

不管多麼想要抽離同夥——零崎曲識也絕對不會忘記自己是集團中的一員，以及自己是其中最出類拔萃的可恨殺人鬼。

Bolt Keep。

少女趣味。

這兩個名字的由來，還有——

「我是零崎曲識。」

這麼說完——他用力砸下倍低音管。

「除了少女，我不殺。」

◆　◆

「這完全是一面倒啊。」

從距離零崎曲識與總角三姊妹有一段距離的位置——不對，是以若即若離的形式一直在觀察情況的零崎人識，在一切都結束的時候，對著就在一旁，這段時間始終扭轉他的手臂的匂宮出夢，自誇地這麼說道。

「就跟我說的一模一樣吧。曲識哥他呀，怎麼可能會輸給那些叫總角還是什麼東西的人。這樣子我就可以脫離你這一星期來的控制了。」

「啥？」

匂宮出夢即使如此還是沒有放開人識的手，一臉不可思議地歪著頭。

「為什麼前提會變成我要遵守約定？」

「這怎麼想都是理所當然的前提吧！」

「是嗎？那麼，如果你要跟我過夜的話，要我遵守約定也可以喔。」

「這個時候那個約定早就應該不成立了吧！」

「哎呀哎呀，我也想當個誠實的殺手呀，遵守約定又不是騎馬射箭。」

「什麼騎馬射箭！你這個人給我差不多一點，放開我的手！我痛到都沒有感覺了！搞不好我的手臂都已經骨折了！」

「哎呀哎呀，如果骨折了，我會替你用念咒的方式招來救護車的。」

「用正常的方式打電話叫救護車啦！」

「可是，你說的確實一點都沒錯，零崎人識——我真的很吃驚。我們打開天窗說亮話，剛剛目擊到的戰鬥結果，應該是比你預期的還要厲害很多吧？總角三姊妹絕對不是沒有實力的對手——總角芭瑞絲、總角蘿舞敦、總角莎耶菈，每個都是跟現在的你同等級的殺手。我到現在也不認為把你這樣限制行動是做錯事情——他叫零崎曲識對吧？因為聽說他叫少女趣味什麼的，我本來還以為不知道是個什麼樣子的戀童癖。現在才知道，原來所謂的少女趣味指的是專殺少女的殺手的少女趣味。可是呀，明明應該是不分男女老少都能下手的你或是自殺志願才是真正的殘虐，但是那個下手對象只限少女的燕尾服大哥哥，他的形象反而更讓人毛骨悚然呀——哇哇哇。他是個專殺少女的殺人鬼呀。就算是魔鬼——他也是個滿像人類的傢伙。這麼一來仔細想想，像我這種人就慘了。」

「沒錯，你說的對。所以你不要再管我，應該去糾纏那個人才對。要是你不在對方對手之前先出手……」

「不，我承認他很厲害，但是離我的喜好還差了一點——原因就是在於，聲音——其中他說用聲音進行精神支配，這話說得漂亮，不過畢竟從基本上來說這是屬於『咒之名』的領域吧。特別我又是『匂宮』——身為一個厭惡洗腦控制主義的『時宮』的人，我不能夠去評價零崎曲識。」

「他應該也有利用聲音進行的衝擊波攻擊吧。」

「嗯，那個也別有一番趣味——可是呀，這一點也包括在內，他的手法在原理揭穿之後，趣味依然會減半呀。如果什麼都不知道，以空白的狀態去跟他對戰，說不定會很有意思——啊，那傢伙，好像打算要回去了。他要丟下你不管就走人了呀，真是無情。」

「那個人大概是以為我是以我自己的方式，正在某個地方進行某場戰鬥吧……他是個固執很難改變想法的人。」

「哦，是哦。」

然後，匂宮出夢。

到這裡終於，鬆手放開了零崎人識。

人識似乎是在確認自己的手臂有沒有事情一般地晃了晃，姑且看起來，是沒有折斷的樣子。

「你接下來有何打算？」

「…………」

「少女趣味大概只是單純來這邊當自殺志願的保鑣吧……結果對總角三姊妹動手了，這應該是個介入滿深的行動喔？這行動足以左右你們正在捲入的這場戰鬥今後的發展。」

「……**正在捲入？**」

人識敏銳的聽覺，抓住了出夢的語尾。

「也就是說——零崎一賊受到攻擊並不是因為敵人以此為最終目標？自始至終，都只是以此為必經之處才進行鎖定……你說過什麼『殺之名』的平衡的話吧……那麼，大哥的推測只有對了一半嗎？」

「唷，你說溜嘴了喔——不過呀，自殺志願的推測也對了一半——應該要這麼樣評論他的才對吧。即使如此，就現在這個時間點來說，他猜中太多了。還有他那優秀的直覺——絕對不可能好好發揮的。」然後，出夢再次詢問：「接下來你要怎麼辦？」

「……我要收回我說過要你一個星期別出現在我面前的話，匂宮出夢。」

人識說道。

「不過，我要你從現在開始陪我大概一個小時。」

「啥？搞什麼呀，這個邀請真是強迫呀。難道是要去約會？哇塞，這樣不就是雙對情侶約會了！」

「你這話還真是好笑——一個小時，是留來給你殺戮的時間。」

每天殺戮一小時。

這是匂宮出夢的座右銘。

「接下來我要去獵殺總角三姊妹活下來的那兩個，所以要你陪我一起去……雖然我想已經受傷的兩個人，我不可能會打不贏的，可是如果你還是會擔心，那我就帶你一起去。你應該不是能夠輕鬆看著我殺人還能保持沉默，人格這麼高尚的人吧。」

「……哦。」

匂宮出夢充滿諷刺地笑了。

「你是想要順便剷除你不需要的禍根嗎？」

「就是這個意思。雖然我也不知道為什麼會這樣，但是曲識哥把自己的戰鬥方法曝露出來實在是太漫不經心了……不管是精神感應還是衝擊波，就跟你說的一樣，都是在對手不知道原理的前提下才能真正發揮本領的技術。被他硬帶來這種地方，如果什麼都不做就回去，那太讓人火大了。所以為了保守曲識哥的祕密，我就替他攬個任務來做吧……而且，雖然對我來說是不能馬上領會的事情，可是既然本來零崎一賊就是會把敵人**殺光光**，那這樣也只是慣例罷了。曲識哥確實是滿反覆無常的人，可是也不能因此就放過兩個人不殺。這也是為了你說的今後的發展。」

「還要照顧年紀比你大的人呀？真是辛苦了。」

「這是我個人的反覆無常呀……原來如此，就這層意義來說，我跟曲識哥或許真的是類似的人。既然已經明白了，我就不能什麼都不做——看起來，我也還沒有那麼冷酷無情嘛。」

並不冷酷無情的——造成血流成河景象的一賊。

「哦——你們是同類呀。」

「走吧。既然你都袖手旁觀到這裡了，現在應該不會跟我說你不能眼睜睜看著分家的人被殺吧。」

「哇哈哈。我怎麼可能會說這種話。說起來，本家跟分家的感情又不好。如果感情變得更壞，反倒是多少有幫助呢，小零——順帶一提，少女趣味的戰鬥方法我也知道了喔，你可以不殺掉我嗎？」

「你呀，又不是敵人。」

以這種態度，零崎人識直接對匂宮出夢惡言相向。

如果成立——這就是，最壞的稱號了。

沒錯，值得最壞之名的雙人組。

然後兩個人開始往前走。

因為一直在觀察零崎曲識與總角三姊妹的戰鬥，所以大致可以推測出總角芭瑞絲與總角蘿舞敦所在的位置——他們前進的腳步毫無猶豫。

途中。

他們與一名國中女生錯身而過。

實在是因為時間正值行囊樂園的入園人數會到達尖峰之際，他們陷入了人潮之中。意識已經轉換到戰鬥模式的他們，把那個國中女生當成是遊樂園的一景而漏看了

——假使沒有漏看，應該也不會特別覺得有什麼不對勁吧。

因為對他們兩個人來說，那個國中女生，徹頭徹尾都只是做為零崎雙識累贅的普通人而已。

女生穿著的也是國中制服。考慮到這個地方是很多學生會來旅行的遊樂園，國中制服跟燕尾服那般的打扮不同，很難說會引人側目。

即使不記得長相也是理所當然。

然而。

當然，那個國中女生——站在萩原子荻的立場來看，零崎人識——作為她計策之中的不確定因素，那張臉是不可能忘得了的。

然後就在錯身而過之際，她聽到了。

人識對著身旁一個全身穿著皮衣皮褲的少女，是怎麼稱呼的——

——匂宮出夢。

匂宮——殺戮奇術集團，匂宮雜技團！

「…………哈。」

理所當然，萩原子荻已經非常清楚這次消滅零崎雙識的作戰行動以失敗作收——

雖然原本打算是要假裝去洗手間，藉機探聽總角三姊妹正在如何行動，但得到的報告是，三姊妹當中已經有兩個人被打倒了。剩下的一個，如果這樣下去也會有危險——

不，就算平安無事，只要三姊妹有兩個被打倒，那麼計畫應該就已經失敗了。

零崎雙識沒有行動過的樣子。
他一直待在自己身邊，這一點可以確定。
也就是說，是零崎雙識之外的某個人介入干擾。
——是不是零崎人識？
子荻心想，零崎軋識的戰鬥力已削減太多了。
至少應該有依照西条玉藻本人的希望，適度分配給人識了——可是。
可是，這次以失敗作結的計畫——也不是完全毫無所獲。不，反而可以說，相較於原本消滅零崎雙識這個目的，最後獲得的成果相當完美——沒錯，完美到足以左右今後的發展。
——匂宮雜技團。
不是分家——而是本家。
只要能夠**直接與**「殺之名」排名第一，匂宮雜技團**牽扯上的話……！**
戰局就會出現大變動！
以截然不同的型態——從基本改變！
話雖如此，這個時間點上，萩原子荻的腦海中還沒有浮現出具體的計畫——加入了匂宮雜技團這個棋子，選項的數量幾乎可說是擴增到無限多。為了加以整理，就連她都得花上一段不短的時間才行。
「就算敵人是匂宮雜技團也好——我的名字是萩原子荻，就請你們見識堂堂正正，不擇手段的正面偷襲吧——」

這麼想著時，她已經抵達零崎雙識坐著等她的長椅子面前。

雙識完全把自己的體重靠在椅背上，身體向後彎，仰望著天空的方向。

似乎是頗為無聊的樣子。

沒有打算要花這麼久的時間的。

「抱歉久等了，雙——大哥哥。」

「哦，沒有啦——」

「你累了是嗎？我們還玩不到三小時呀。」

「哎呀——這種東西真讓人不舒服。」

「啥？」

「嗯，可能我真的——累了吧。雖然我以為自己永遠都青春有活力，不過妳這種十幾歲的幹勁現在才要慢慢發揮出來吧。我完全頭昏腦脹了。希望妳不要以為這是真正的我——真正的我是個更為強壯的男人喔。」

說完之後，雙識直起身子。

經歷過無法想像的殘酷戰鬥，無數慘烈情景的零崎雙識，也會怕讓人尖叫的遊樂設施嗎……仔細一想，這種心理狀態的強度，並不是格外奇怪的。但是萩原子荻出乎意料地對於這類遊樂設施還滿在行的，所以感覺有點怪怪的。

用這麼點小小的氣力陪著玩，子荻也沒有真的這麼累。儘管計畫失敗了，但拿到預期之外的情報也讓人心情愉快，今天就陪這個男人到閉園的時間吧……很難得的，子荻的想法會變成這樣。

「你在說什麼膽小的話呀，大哥哥。這可是難得的星期天，我們就盡情享受吧。只要還有時間，我們就去玩所有能玩的刺激遊樂設施吧。」

當然，子荻的這番話，應該也包括對那類似跟蹤狂一般不停傳簡訊過來的零崎雙識的報復之意吧。雙識不知道有無察覺到子荻心中這樣的想法，

「說的也是——得好好享受才行。」

低聲地這麼說道。

「看樣子我的某個家人，好像擅自替我做了些事——」

低聲地說。

「嗯？」

「是人識嗎……應該，不是他吧——那就是那個音樂家了吧。真是的，就會雞婆多管閒事——不過算了。那也是有意義的重要存在。因為有那樣的傢伙，所以我才能放心當個笨蛋。」

「大哥哥——你在說什麼？」

「沒什麼啦。」

零崎雙識呵呵傻笑，從長椅上站了起來。

然後，牽起萩原子荻的手。

「那麼，我就休息到這裡吧。現在沒有事情要擔心了，子荻妹妹說的沒錯，今天是難得的星期天，我決定找回童心，盡情享受一番。從這裡開始我要認真大玩特玩了喔。」

「認、認真是什麼意思……」

「好了，來玩吧！所謂玩樂是怎麼回事，我就好好地親身告訴妳吧，子荻妹妹！」

「哦，好呀——」

不知道為什麼，零崎雙識忽然恢復了精神。萩原子荻立刻就為自己剛剛的言行感到後悔——可惜的是，為時已晚了。

這一天，她領悟到了另一個世界。

她說那是一個出乎意料，還不錯的世界。

儘管澄百合學園總代表，軍師・萩原子荻在這之後，將誕生出名喚「匂宮出夢」的功罪之仔的第十三期實驗之成功例子，可說是匂宮雜技團創造出來的終極藝術作品「斷片集」，成功地搬上舞臺，但是換來她的未來的，則是她誤會了處理掉暗殺零崎雙識的刺客總角三姊妹的人是零崎人識。還有，總角三姊妹活下來的兩個人，總角芭瑞絲與總角蘿舞敦，經過最壞稱號的二人組親手處理，一個小時之後成了說不出話的狀態。所以結局是——「少女趣味」零崎曲識的存在，在這裡萩原子荻並無從得知。

萩原子荻針對零崎一賊設下的小小的戰爭，就最後的結果來說，是這裡開始且接下來三年都不曾間斷——不過零崎曲識勉強參與這場戰爭的情況，結果，也只有這一次而已。

（第一樂章——終）

零崎曲識的人間人間

2

皇家王權飯店的音階

◆　◆

「真是的，事情到底要怎樣才會變成現在這個樣子呀——拜託來個人告訴我吧！莫名其妙的地方多得要命——」

有個這樣子一邊自言自語，一邊在滂沱大雨之中，奔馳過險峻山中的男人身影。

是個大約二十來歲的年輕人。

高高的個子，細瘦的體型，手腳修長得顯眼——身影宛如金線工藝品一般。儘管身穿簡便好活動的服裝，但在這種豪雨中，這一身的裝扮似乎也不太有意義。

不，就算沒有下雨也是一樣。

沾滿別人血液的這身服裝——大概也不可能有多方便活動吧。

「我明明不是為了要這樣東奔西跑才變成殺人鬼的呀……就算有什麼其他原因才變成殺人鬼的，也不是想變就可以變得成的！」

男人名叫零崎雙識。

雖然他是將來人稱自殺志願，成為人人恐懼的對象，零崎一賊的長兄——但是這個時候的他，沒有足以用「我」來稱呼自己的成熟模樣，手上也沒有拿著叫做自殺志願，那把名稱由來在於注入了敬畏之情的大剪刀。

雙手空空。

雙手空空的雙識，正在逃命。

一邊逃命——一邊戰鬥。

不過是在面對什麼？

從哪裡逃出來？跟什麼在戰鬥？

這一點，連雙識自己都完全摸不著頭緒。

就在剛剛，他還在跟大約二十人左右的集團互相殘殺，但是他完全不知道那些人為什麼要襲擊他——還有比這一點更重要的是，即使從發動襲擊的二十人左右的集團的角度來看，為什麼自己這群人非得跟雙識互相殘殺，似乎也是完全找不到理由。

——為何。

——為什麼，我們。

——為了什麼才正在做眼前這樣的事情呢——

互相殘殺的當下，彼此雖然都是這樣地想著對方的動機——但殺意與殺意依舊互相撞擊。

可說這是種異常的狀況。

儘管如此，雙識還是想辦法擊潰了這二十人，但是事情並未就此結束——別說是結束了，這甚至不是開端的結尾。

只是普通的事情。

理所當然的事。

普通的日常生活。

眼前，永遠——每天每天毫無停歇，這種事情永遠都在持續著。相較於互相殘殺一事，可說是**正在持續下去沒完沒了**的這種現實，即使是雙識也感到疲勞，而且消耗精力。

如果在這裡的是五年後，或是十年後——人稱自殺志願的那個時候，那個超然的零崎雙識，那應該會不同吧。但是現在的他畢竟還是乳臭未乾，跟那等沉著冷靜的境界還八竿子打不著。

別說是超然了，

根本就是焦躁不安，眼看就要到達極限了。

「呼……呼……呼……」

不停奔跑的原因，姑且算是明白了——因為比起一直停留在同一個地方，這麼做還多少能讓人放心。

不過有追兵在追現在的自己嗎？

不管有還是沒有，感覺都是一樣的。

「真是夠了——這樣開始零崎根本就沒有用嘛——哼！」

這個時候，感覺到了大雨的另一邊有人的氣息——雙識停下腳步。他沒有手拿式的武器——如果感覺到的氣息是來自敵人，那麼就只能徒手戰鬥。雖然雙識的精神馬上就緊張起來——然而，緊張又即刻舒緩了下來。

對方不是敵人。

現身出來的，是同為零崎一賊中的一人——比雙識還年長的殺人鬼，零崎軋識。儘管不像雙識，但依然是個高個子，而且肌肉也比雙識來得結實。身穿撕扯得破爛的T恤，還有同樣地彷彿是撕破的牛仔褲——手裡提著根狼牙棒。

零崎軋識。

由於還沒有**那個理由**，所以儘管並未在遣詞用句方面營造出奇怪形象，但他的情況也與雙識不同，這個時候已經因為愛用的狼牙棒「愚神禮贊」，而直接被人稱為愚神禮贊——

「什麼呀，原來是軋識呀。」

呼的一聲，雙識吐了一口氣。

「明明以前怎麼想見面就是碰不到，沒想到居然會在這種情況下偶遇，感覺還真是諷刺——」

不過與其說這是因為安心而嘆氣，不如說像是企圖收回無意義緊張了好一會兒的情緒，而產生的洩氣嘆息。

雨中，從偶然重逢的家人獲得這種反應的軋識，自己也是相同的反應——這種情況誠實地表示出，這兩個人的精神都被逼得走投無路，接近界限了。

「……雙識。」

軋識說道。

沒有起伏，彷彿疲倦至極的口吻。

身在這種豪雨之中，不但需要大聲說話，而且還有一種累得不得了的印象。

「從那之後你殺了幾個人——不對，是你戰鬥了幾次？」

「我不知道呀。」

聽到軋識的問題，雙識搖搖頭。

不想去思考這種問題。

「我還是第一次覺得這麼一頭霧水——到底，現在我們被什麼給捲入了？或者實際上什麼都沒發生？只是我們自己弄錯，自己產生混亂了嗎——」

「至少，正處於混亂的不是只有我們——」

軋識做出像是要回頭往後看的動作，這麼說道。

「——至少『殺之名』七名，『咒之名』六名，現在全部都陷入了混亂的狀態。闇口那群人真的很慘——我很久沒看到地獄了。」

「地獄？那也不錯呀。」

雙識自嘲地笑了。

「受不了，真不好意思——如果這是地獄的話，那什麼『第二十人地獄』這種綽號，對我來說就太小題大作了。頂多就是『第二十人處罰遊戲』嘛。」

「我不知道要不要笑，你這話真像個微妙的笑話——」

儘管這麼說——但，軋識面露微笑。

然而這畢竟還是一種，自嘲的笑。

「雖說是地獄，但是聽起來很有趣——雙識，你知道四神一鏡裡面的赤神家嗎？」

雙識點頭。

四神一鏡——是這個國家的五大財閥的俗稱。

赤神家、謂神家、氏神家、繪鏡家、檻神家。

因為雙識認識氏神家的人，所以多少了解**那個世界**的事情。

不管哪一個，都是跟**這個世界**無關的故事……

「不是這樣吧？」

軋識把狼牙棒放到肩膀上，說道。

「聽說那個赤神家——遭到**單單一名少女**搞得天翻地覆喔。」

「只有——一個人嗎？」

「不知道我是打哪兒聽來的呀——這件事情。」

「…………」

軋識說的的確沒錯。

是的，這是這幾個月之間發生的事。

「殺之名」七名全都一樣——名列「殺之名」第一，殺戮奇術集團匂宮雜技團的分家有多達三個，都遭到單單一名少女毀滅的事情——

雙識與軋識，都把這事情當成是共通的知識記了起來。

但是——這樣的話。

「你別開玩笑了——軋識。你是說有人在財力的世界與暴力的世界大為活躍嗎？」

「不僅如此，根據傳聞那個人似乎也在權力的世界參了一腳——雖然我是聽別人說的，可信度不高就是了。」

「『單單一名少女』是嗎——呵呵呵，是不是我那分離的妹妹呀——」

「我還是第一次聽到你有什麼分離的妹妹，你這個戀童癖。」

「喂喂喂，我擁有的始終都是對家人的感情，而不是喜歡女童呀。既然會說這種話，說不定出乎意料的是像軋識你這種人，才是最容易走上喜歡女童這條邪門歪道的喔？」

「哈哈哈——怎麼可能有這種事情。我討厭女人，也討厭小孩。根本找不到半個理由去喜歡綜合這兩者的女童。每次看到可愛的小女孩，都讓我覺得噁心想吐。我發誓！有生之年我絕對不會喜愛女童。」

「你還是老樣子，這話聽起來好像開場白呢。」

總而言之。

既然可以互相說笑了，那麼彼此的精神應該是恢復了——雙識強烈感受到，自己果然是無法獨自活下去的。

如果沒有家人的話。

零崎雙識不過就只是一個殺人鬼而已——

「…………唔！」

「…………？」

兩個人這次忍不住非自嘲地笑了出來，山腳的方向傳來了聲音——這次毫無疑問應該是追兵。

雙識帶來的追兵。

恐怕會讓同樣地是從「某個東西」、「某個對象」逃出來，而且完全逃脫成功的軋識也給牽連進來——當然軋識對此是不可能有所怨言的。

他只是跟平常一樣，拿起狼牙棒準備戰鬥。

「我說雙識呀——你也該想個辦法，拿一個像**這個**的擅長武器了。這樣的話，你就可以變得更厲害。成為比我還要更上一層樓，厲害的傳說。」

「呵呵呵——可是，不知道有沒有再適合我一點的東西呢。不過算了，這次的事情結束之後，試著去找找看也好。」

「結束之後才要去，是嗎。要怎麼做才能夠結束呀——對了，雙識，那個天才音樂家現在怎麼樣了？」

「誰曉得。目前我都沒碰到他……不過既然是他，應該沒必要操心吧。因為那傢伙比我們都要來得格外可靠。」

「也是。」

然後兩個人，朝著聲音來源邁開腳步。

已經放棄了逃跑。

相較之下不如改成主動迎擊。

「這麼說起來，軋識，我只希望你告訴我一件事情，就是我們到底在幹麼呀？」

「還用問嗎？我們正在進行戰爭呀。」

◆　◆

大戰爭。

長達一整年的一連串事情，將來人們將會流傳下去——不，正確來說，流傳得下去的事情幾乎是沒有了。因為當事人或關係人中的大部分都在事件中失去了性命，勉強存活下來的人，也絕口不提那一年之間發生的種種。

而且——也用不著他們絕口不提。

關於發生了什麼事情，能夠確切掌握真相的人也僅有幾個人。兩個、或是三個——頂多就是四個人吧。

四神一鏡，總計五個家族所統治的財力世界。

玖渚機關，合計八個家族所君臨的權力世界。

「殺之名」與「咒之名」，合計十三個家族擠在其中的暴力世界。

明明這三個世界都被捲入，遭受了池魚之殃，組織內部被攪和得亂七八糟——但是知道事件全貌的人卻只有這麼少數幾個。

即使是勉強從這場大戰爭存活下來，年輕時代的零崎雙識與零崎人識，也是在一連串事件落幕之後的一段時日，才大概得知這場大戰爭是區區兩個人所引發的，普通的親子爭執而已。

親子爭執。

狐狸與老鷹之間的親子爭執——但是。

他們提過的天才音樂家——即使在這種情況底下，依然沒有得到他們兩個人的擔心。那個天才音樂家是將來成為人稱「少女趣味」的聲音師，當時年僅十五歲的零崎曲識——其實，就在雙識與軋識在山中偶然重逢，幾乎是同一個時間，他們已經進入了非常逼近事件所有真相的內部深處了。

本來，這是永遠不應該提起的，應該就這樣歸於平淡消滅，切割出這場大戰爭的小小一個場面的記錄——在零崎一賊中身為異端之一的零崎曲識，其個性就是受到這一場面的影響所形成的。

◆　◆

「……………………」

頭髮綁成短短的馬尾，穿著燕尾服的少年正走進地下停車場內部——不，那並不是守規矩到可以用「正在走路」這種描述呈現出來的走法。身體眼看就要趴倒下去一般地往前傾，無依無靠的樣子。宛如隨風吹動，少年的移動方式就是這種感覺。

少年——零崎曲識正在吹口哨。

雖然四肢健全，但如果仔細一看，燕尾服上下到處都有綻線的痕跡，讓人猜測到他應該是剛剛才經歷過**某些地獄戰場**——然而這個猜測並不正確，因為實際上，他還沒有脫離這個地獄戰場。

不過持續吹著口哨。

這絕對不是從容不迫的表現。

不是裝出漂亮的樣子虛張聲勢。

而是藉著這個口哨聲——少年隱藏起**本身的存在**。

聲音本身互相撞擊。

腳步聲理所當然包括在內，心跳聲與呼吸聲，還有其他，自己的生命活動產生的所有聲音——實際上，都正在遭到消除。

「……還，不錯。」

即使是低語的聲音——也不會在地下停車場中迴盪。

聲音師，零崎曲識。

他十五歲，完全把聲音當成自己的武器，運用自如——支配了聲音。但是，即使如此，平常的他，要像這樣使用聲音的時候，總是會利用不論是管樂器或打擊樂器都好的某種樂器，幾乎很少會歷屆著口哨來使用聲音——

「實在是——還不錯。」

即使再次這麼說道，但可惜的是這句話如果被認為是虛張聲勢，也是頗為無奈的吧。

事實上，他正處在敗逃的狀況中。

他並非出於自由意志而身處在這座地下停車場之中的——只不過是如同遭到獵捕的草食動物，被追進了地窖一般。

地下停車場內沒有停半輛汽車，彷彿是取代了車輛，到處躺滿了人類的屍體——宛如一個放置屍體的地方。可是也許「好像是放置屍體的地方」這種表現方式是錯誤的，曲識這麼想著。這裡只是戰場的一幅風景，那麼屍體就不是放置在此，而只不過是隨意棄置在此無人聞問罷了。

即使他身為殺人鬼集團，零崎一賊的一員，一想到這裡也會感到毛骨悚然——有誰會想到，在具備規模大到讓人在特大型前面還想再加三個超字來形容的高級度假飯店的地底下，竟然會呈現此等慘狀。

高級度假飯店，皇家王權飯店。

在這廣大的建地之下延伸開來的，地下停車場。

大部分躺在這裡的屍體——應該都是跟曲識相同，是敗逃的人吧。輸了，所以逃到這裡的人——這就是最後的下場。

要不了多久自己可能也會在這裡變成這樣子，這種預感實在是肯定的推測了，所以靠著通風設備也擺脫不掉消失不了的腐臭，甚至也不覺得厭惡。

這也不是能夠厭惡的東西。

反而還滿喜愛的。

一想到自己馬上就要變成這個樣子——

「……軋識哥好像在苦惱不知道該怎麼死才好——可是我不知道的是怎麼活下去。所以我什麼時候死掉都沒關係——既然如此，那死在這裡的話，也還不錯。」

這是——虛張聲勢的話語。

不過，這同時也是虛心之言。

大致上，虛心與虛張聲勢，應該有程度上的不同。

「只是——同樣是要死，不能給家人添麻煩……**要盡可能地，不白白送命才行**——」

他失去了所有帶來的樂器。

手裡剩下來的只有一個東西——不是樂器或其他什麼，而是個沒有風情的手榴彈。小型的，可以拿在手掌上的大小——威力卻是無庸置疑的，手榴彈。短短一個星期之前，目前是零崎一賊最強的男人——人稱「寸鐵殺人」的爆熱殺人鬼，親自交給他的一個東西。

他還以為自己不會拿來用。

因為使用這種武器並不是曲識的興趣。

可是——狀況既然變成如此，或許只能在這裡拿來用了——即使是用從家人手上拿來的武器自殺。

「還不錯。」

——應該是吧。

「…………」

處在這場幾乎是任何人都會被打到混亂與狂亂的深淵的大戰爭中，零崎曲識是少數能夠保持冷靜的人。雖然這表現出了他那不管在何時何種情況底下都不會心慌意亂的優點，但同時也曝露出他缺少感受能力無法讓感情產生起伏，對自己的生命完全無法持有危機意識的缺點。

然而只有這一次，這個特性發揮了效果——由於這聰明冷靜透徹，他才能夠到達這場大戰爭的中心位置附近。

沒錯。

就是這間皇家王權飯店。

這裡的最高一層樓——就是這場戰爭的**主謀者**所在地。

引發現在世界上正在進行的，無人倖免皆遭捲入的，荒誕無稽到愚蠢地步的，莫名其妙的戰爭的**個人**——就在那裡。

不管告訴誰，應該都沒人會相信吧。

這種大規模的強力社會現象——地下社會現象，只是靠著單一的個人之手所引發的——但是曲識，本來也就沒打算把這事告訴別人。

並不是——不信任別人。

倘若是以雙識與軋識為首的一賊的人們，在經過有條不紊地說明之後，就算不相信，應該也會出手幫忙才對——可是，現在連有條不紊地說明的時間都已經沒有了。

即使取得聯繫，一賊的所有殺人鬼，應該毫無例外全都正在遭受某些麻煩纏身——這種情況就是即使名列「殺之名」，但成員人數不多的少數派的困難之處。

儘管如此，應該也有硬在不可能中硬擠出時間來的方法吧——但曲識沒有選擇這個方法，而是最後決定**這樣的話那就只能自己幹了**。曲識估計那個主謀者不見得始終都會留在飯店裡——而且，他對自己有信心。

雖說這是年輕的有勇無謀，可是他有確實的自信——他也考慮到本來自己的戰鬥能力，就是屬於個人戰比起團體戰更能發揮的類型。說得極端一點，甚至可能把自己人都給牽連進去——曲識的才能就是這種類型的。

於是，即使對手是投宿的旅客、工作人員、這間旅館內所有的人——即使對手是超過三百人的精銳人員，曲識依然以為自己有能力獨自完成這場戰爭。

結果，零崎曲識敗逃了。

自命不凡。

肯定的自信就是肯定的傲慢。

恐怕是跟死在這座地下停車場的人們相同——完全地自以為是。

不，到途中為止都還很順利。

曲識使用的「聲音」，在對手越多的情況下反而越有效果——因為這是種會引發團隊分裂，目的在造成內鬨的技術。

聲音師。

零崎曲識可以藉由任何聲音，進行人體操縱與人心操縱——能將他人的身體如同自己的身體一般地操控，將他人的心靈如同自己的心靈一般地操控。當然這也有必要的限制，有幾個條件必須事先完成，也不能達到完全隨心所欲的地步——但是至少他是準備充足才進來的。

所以到途中為止都還很順利。

讓敵人去打倒敵人，讓敵人來保護自己，讓人自殺或死於他殺——曲識持續「演奏」著，走進了電梯。

然後到了最高樓層。

直接就抵達了那裡——可是，就只到那裡而已。

最後的堡壘，曲識攻破不了。

他遭到守在最高樓層的走廊的最後堡壘——一名女僕徹底地擊退——別說是在最高樓層竄逃，甚至走投無路被逼進最低樓層的地下停車場來。

「女僕……為什麼會有個女僕呀。」

曲識以與其說是疑問，不如說是責備這種不合情理現象的口吻發起牢騷。

但那就是個女僕。全身上下怎麼想怎麼看都是女僕。從洋裝式圍裙到其他東西，那就是個毫無破綻可言的完美女僕——

「主人，歡迎您回來。」

這麼說著。

那個女僕出來迎接曲識。

曲識立刻用「聲音」對付她——只要能打倒她，就不難想像『主謀者』應該就在對面的門扉之後——真的就差這麼一點點，曲識就要抵達目的地了。

當然他沒有鬆懈。

雖說對手穿著實在是跟這種場合不搭調的女僕裝，但曲識並不是沒有經驗到因此就會看輕對手——他猜測對方是相當程度的高手。

所以毫不留情發出「聲音」。

在一直線的走廊，放出一直線的聲音。

應該是不需要逃的。

然而——這方法行不通。

完全行不通。

可是曲識連疑惑的時間都得不到，那個女僕就——

「主人，請您慢走。」

然後。

從手掌擊出了子彈。

一直線的走廊，無路可逃的情況對我方而言亦同——曲識無計可施拿起樂器防禦。當然，樂器因此就變得無法使用了——事情就這樣發展下去，曲識準備的樂器，在不知不覺中，全被破壞殆盡。

同時。

喀鏘一聲，**女僕的手腕拿了下來——從那個手腕的內部冒出了又利又粗的出鞘刀劍。**

仔細一看。

女僕穿著的鞋子裝有輪子——不對，不是穿著，那個有輪子的鞋子，明顯得跟她的腳踝是連在一起的整體——

咚咚咚咚地。

從她的內部——傳出了引擎聲。

「機器肢體……不對。」

到了這裡，曲識終於察覺到了。

為時已晚——

「機器人——沒錯吧。」

由於製作得十分精細，外表跟人類沒有差別——但是沒有必要去看內部加以確認。

那也不是個普通的機器人。

而是體內裝滿了子彈與刀劍的——武裝機器人。

機械。

機器人。

所以——人體操縱與人心操縱全都不可能行得通。

因為對手不是人類。

這麼一來——既然情況演變至此，曲識根本是完全無能為力。

「主人，抱歉現在才跟您說——我是女僕機器人，名叫由比濱璞尼子。」

「璞、璞尼子——」

「今後，請您多多關照。」

曲識實在不記得——之後發生的事情。

他只是，到處竄逃。

然後——到了這座地下停車場。

在這裡變成屍體的人們，應該也是同樣遭到了那個機器人——好像是叫女僕機器人璞尼子什麼的給收拾掉的吧。或是在她動手之前就已經精疲力盡死了——雖然不知道這麼詳細的情況，可是能夠肯定的就是，曲識並沒有成功逃離她的領域。她一定現在也正在不停追蹤著吧——然後會由遠而近追逼上來吧。

變成這樣那就完了。

毫無任何可以抗衡的方法。

只能變成這座地下停車場的居民了。

所以在那之前——終於停下了腳步。

「…………」

曲識凝視著手中的手榴彈。

寸鐵殺人親手交給他的，一塊火藥——

「與其死在那種機器人手上——不如自殺還比較好。只要我一被殺，一賊的其他人應該會出面報仇吧——可是這樣太危險了。一般的情況就罷了，現在每個人不要說是在一般情況之內了——現在應該是正在為整體大局行動的時候。」

彷彿是說給自己聽的，曲識安靜地呢喃著——接著確認停車場裝設的監視器的位置。如果那個女僕機器人是有人**裝設**在這間皇家王權飯店的防止入侵的裝置——那麼理所當然，這一區的監視系統必然會跟那個機能連線才是。

如果要自殺——要自爆的話，曲識想選個監視器的死角。

雖然手榴彈的安全插梢一拔出來就完了，根本完全沒有必要去在意監視器，不過這是曲識小小的好強心，至少死也要死得有尊嚴。

唯一剩下來的就是這個手榴彈。

樂器全被破壞了。

可是，這個手榴彈，大概也對付不了那個機器人吧——即使失去了樂器這項武器，曲識也不是就此屈居劣勢挨打而已。璞尼子的身體也遭受了好幾次攻擊——毫無意義。

鐵板裝甲。

那個身體，是不管是刀劍還是子彈或是炸藥——完全無法貫穿的，讓人絕望的合成鐵板。

所以這個手榴彈對璞尼子也是沒用的。

但是——對零崎曲識應該是效果極大。

恐怕，連感覺痛的時間都不會有。

雖然不想這麼說，但是寸鐵殺人一定——就是因為這個緣故，才親手把這個手榴彈交給曲識的吧。

「還不錯——」

曲識立刻就發現了監視器的死角——只要聆聽洄盪在停車場內的「風之音」，就能馬上發現這一帶風流聚集的地方。大概是也有人思考著同樣的事情，那裡似乎已經躺了一具屍體，但是這種時候也不能挑剔什麼。

曲識在那邊坐下。

「……………」

——嗯。

他這麼想著。

明明接下來打算要死了——但是內心掌握住了毫無混亂的自己。心臟跳動的聲音也是一絲不亂。

宛如節拍器般地正在刻劃正確的聲音。

連自己都，感到噁心。

果然這樣的自己還是死了才是正確的吧。

活著才是不自然。

殺人鬼。

非得殺人不可的自己——那麼首先就該殺死自己本身才對。這麼一來，世界就會和平了——不過，我沒有打算要把這種想法推薦給一賊當中的其他成員。

結果，我依然是持續孤獨的。

雖然感覺到好像有什麼改變了。

在加入一賊，成為零崎之前是這樣，加入之後也是這樣，根本就沒有改變——

「一個人活著，一個人死去。」

「就只有這回事」，曲識低聲地說。

「只有這回事。還不錯。」

然後——零崎曲識以非常自然的動作，指尖毫無猶豫，打算拉掉手榴彈的安全插梢

——

「……………！」

糾纏不放。

但是那沒有發抖的手——卻被另一隻從旁邊伸過來的手給抓住了。

嚇了一跳轉頭一看——那是，躺在一旁的屍體的左手。不，不是的。屍體不可能會

動——那麼就是沒死了？

不，這也不對。

曲識正在確認——從**她**的身體，確認剛剛沒有聽見心跳聲與呼吸聲。就是因為忽略這一點，才會沒有察覺到璞尼子不是人類而是機器人，這次曲識不會再次失敗了。逃命的途中，始終繃緊了神經——所以如果她還活著，曲識不可能不知道。

直到現在。

無庸置疑她應當已經死亡了——

「啊……一不小心就死了大概二十四小時。」

聲音聽起來非常不痛快，就像是剛醒來的樣子——她這麼說道。

用力地——緊握住曲識的手。

雖然長相成熟，但仔細一看大約是跟曲識差不多年紀——可是力量卻大得從外表看不出來，她牢牢抓住曲識的手。

紅髮的——少女。

「…………對了，你是誰呀？」

粗魯的口氣，突然就對曲識這麼發問。

儘管他是個感情起伏很少的人——但唯獨這個時候，真的是嚇了一大跳。某種意義來說，也許，這驚嚇程度比當他知道璞尼子是機器人的時候還要來得大——所以，

「我叫——零崎曲識。」

他自報姓名，回應了少女問他的問題。

「妳——妳才是誰呀？」

「啊——？你說我嗎？你想要知道我的名字呀——那麼，我想要取個帥氣好聽的名字。」

緩緩地——她坐了起來。

握著曲識的那隻手，依然沒放開。

「我還沒有名字。」

口吻依然充滿不痛快。

紅髮少女——這麼說道。

她是在將來成為人稱人類最強的承包人的，終極絕無的存在——儘管如此。

現在她還沒有名字。

而且，也不是最強的。

◆　◆

具備規模大到讓人在特大型前面還想再加三個超字來形容的高級度假飯店——皇家王權飯店。最高樓層當中的一個房間內，待了兩個男人。兩人的裝扮都很類似——不過散發出來的印象卻是對比的。

舉起放在桌上的紅酒酒瓶，其中一個男人忽然站起來，移動到了窗邊——一口氣拉開了窗簾，望著窗外寬廣的夜景。

「彷彿就是灑落滿天繁星到地上去呀——到底在這片景色之中，今晚又會有多少生命消失不見呢。這麼一想，這風景看起來就像是放水燈一樣，西東老弟你不這麼認為嗎？」

回過頭去，觀察著另一個男人。

「『看起來就像是放水燈一樣』。嗯。」叫做西東的男人，冷冷地。重複對方說過的話。「你要說話，也不是說這麼空洞的話吧，明樂——說起來，失去的生命有一半應該都是你的責任。」

「啊哈哈。真要這麼說的話，那剩下的一半不就是西東老弟的責任了嗎——說起來我們可是生死與共，不可能有辦法劃分責任的。這又不是貸款還可以分成好幾期。」

「算了我只是想耍帥看看。」他說。

重新拉上窗簾站在原地，叫做明樂的男人舉起紅酒酒瓶，豪爽地直接就著瓶口把那看來頗為高級的內容物一飲而盡。雖然明顯地是搞錯了享受酒精的方法，但他似乎對這種事情不怎麼計較。

相對之下，西東那個人，看起來是比較節制的酒精愛好者，不過手上拿的又是瓶價值看來跟這間高級度假飯店十分相稱的，道地日本酒。

實在是搭不在一起的兩個人。

彷彿跟世界互不吻合的樣子。

彷彿跟世界互相咆哮的樣子。

但是，這些男人——架城明樂與西東天，正是此時此刻，將這個國家，這個世界，宛如螺旋槳般無情地徹底攪亂的——兩個巨惡。

邪惡與最惡。

這樣的兩個人——就是這次戰爭的主謀者西東天，以及他的搭檔明樂。

「可是，璞尼子——怎麼這麼久呀，跑哪兒去了還不回來。那個馬尾少年，有這麼難纏嗎？光看監視器的影像，確實像是個強敵的樣子——那就是零崎一賊嗎？呵呵呵，我有點想跟他說說話呢——可是，讓我們的璞尼子陷入苦戰的高手可不能隨便見面呀。西東老弟，你有何看法？」

「你問我應該也不可能知道吧。」

明樂的問題，西東始終冷淡以對。

甚至看起來不太愉快。

「你以為我知道什麼內情嗎？」

「沒有沒有，不是這樣的。可是這也不是有什麼好自豪的事情吧。」

「呵。可是，就算是我，確實也有話可以說——璞尼子是我們三個人最完美的傑作。雖然呀，做到最後就原本的目的來說是失敗了——不過當作保鑣是絕對可以信得過的。」

「因為西東老弟你不信任人類吧。」

說完，明樂開心地笑了。看樣子他並沒有醉得那麼嚴重——總之露出爽朗的樣子。

「機械不會背叛人類，是這樣嗎？」

「會背叛也好不會背叛也罷，不管哪種情況都是一樣的。」西東說道。「毫無錯誤，完全的等價——真真實實就是一樣。對這種事情處處驚慌失措才是大錯特錯。」

「這是在說純哉老弟嗎？還是說，是在說我們可愛的小寶貝？」

雖然口氣本身沒有改變，始終都維持著爽朗——但表情變得非常壞心眼的樣子，明樂說道。

然而西東不為所動。

明樂的表情，甚至根本沒有變化。

「不管何者，都是一樣的。」

說完——他拿起酒杯。

「呵。總之，你的問題大概馬上就會解決了吧——我女兒那邊已經完成了。就只剩下純哉了。雖然我不知道他人躲藏在何方——他也差不多不得不露面了吧。」

「總之，我們可愛的小寶貝死亡一事，已經傳達給他了——純哉老弟也不會悶不吭聲吧。這麼一來，我們死黨三人組就可以久別再聚了呢。」

「不准圖謀沒必要的閒事。」

「討厭啦，你在提防什麼啦——我不可能會干涉我最愛的純哉老弟。我會普普通通地，跟他和樂相處的。」

「不過呀，」明樂這麼說道。「有關我們可愛的小寶貝的事情，大概有必要想好什麼藉口交代才行。如果沒給個交代，我想純哉老弟不會原諒我跟你的。」

「那傢伙不會原諒我們的，就算殺了我們也很正常。」

平靜地，西東這麼說著。

表情果然沒有改變。

「我們只做了那件事情。」

「你不會是要說『不管有做沒做，都是一樣的』吧？」開玩笑地模仿西東的口吻，明樂這麼說道。「反正，我們已經跟純哉老弟決裂了——因為純哉老弟跟我們不同，實在是太過天真無邪了。他真是有教養，雖然我沒想到會那樣。不對，也許就是因為我不是他那樣子，所以才格外想要追求那樣的天真無邪。」

「不要講得你好像都知道的樣子。總而言之，那傢伙已經超出我們的理解範圍了。

無法理解純哉的我們才是掃興。」

「這不會太自虐嗎？我只是單純地認為，純哉老弟已經變得無法追隨我們下去。」

「生死與共。」西東說。「我們三個人中沒有誰是領導人，我們只是單純的共犯者。甚至連共謀的行為都沒有。既然不是誰在率領誰，那當然也不是誰在跟隨誰。或者也可以這麼說吧——我們只是偶然走在同一條路上而已。那麼，來到這裡，也是一樣地，只是偶然走上了不同的道路而已——」

「嗯，有相遇就有別離，這就是所謂的人生呀。」

「那傢伙的事情已經結束了。反正不久之後我們就會再見面了，到那個時候再來思考就好。」

「你的戰略還是老樣子只顧眼前不看將來，真是太棒了。好吧，西東老弟——那麼我們就先來思考眼前的事情吧。託我們可愛的小寶貝，還有剛剛那個馬尾少年的福，聚集在這間旅館的軍隊已經有兩個部隊全滅了。我們可愛的小寶貝也就罷了，但那個馬尾少年可不妙了——一旦風聲走漏出去給『殺之名』中的一名，也就到該放掉這間飯店的時候了。」

「代價很高就是了」，明樂低聲嘀咕。

看樣子他是為了當指揮所，才買下這間飯店的。

「雖然只要有璞尼子在，我們不馬上轉移陣地也不會有危險，可是畢竟這裡就是危險呀。現在的我們可說是幾乎毫無防備。」

「我管你。為什麼我還得思考這種事情不可？」

西東粗魯地說。

「要是我死了，頭痛的人應該是你吧。既然如此，那你就給我好好想辦法來保護我呀。」

「你真是吊兒郎當呀，西東老弟。還是說你不在乎？就算你平常是這樣，但是今天嚴重的程度可是變本加厲呀。璞尼子殺了我們可愛的小寶貝之後，就一直是這樣了——難不成，其實你是意志消沉到都不像原本的自己了？」

「不是。我只是，覺得有些遺憾。我沒想到自己的女兒竟然只有這麼點能耐。」

「這麼點能耐？討厭啦西東老弟，你剛剛不是才說了，說璞尼子是我們的最完美傑作呀，還說當作保鑣是絕對可以信得過之類的話。既然如此，會有那樣的結果，不是很正常嗎？」

「就是因為最嚴重失敗作贏過了最完美傑作，才是所謂的痛快吧——我是這麼想的。可是這只是小小的妄想——不能對我的女兒有這麼大的期待。就這層意義來說，明樂你確實說的沒錯，真的很不像是我的作風。我的女兒實在也只是個耍嘴皮子的女人而已。」

「別把我們可愛的小寶貝說得像是靈異故事的樣子呀。雖說我是無所謂，不過西東老弟你每次都一定會用『我的女兒』這個說法，而不是『我們的女兒』來講那個孩子呢。這是不是有什麼特殊涵義？沒有啦，我真的是無所謂啦。總之，我完全不認為，那孩子有嚴重到要稱為最嚴重失敗作——」
「是失敗作沒錯。不過，說是最嚴重可能有點過頭了吧——因為她連我的計畫都沒辦法破壞。」
「你是希望計畫遭到破壞嗎？真是被虐狂。」
明樂愉快至極地笑了。
「嗯，是這樣呀。因為我都已經死了呀。」
「『因為我都已經死了呀』，呵。如果你在這裡展現出就算死而復活也要殺掉我的膽識，要我稍微重新評價你也可以喔。」
「啊哈哈哈。」
明樂笑得更大聲。
「這不管怎麼樣都是不可能的啦。只要事情沒有太過頭的話。」
這個時候，在地下停車場。
就正在發生太過頭的事情。

◆　◆

機械女僕，由比濱璞尼子。

她是個由就任何意義而言都屬於脫離常軌的天才研究者三人組所製造出來的，與實際的人物、事實、團體皆無關的虛構生命體。

原本是「不死研究」中的一環，在研究關於機械生命之可能性的時候，所創造出來的副產品人偶，而且因為這個可能性本身沒有完成目的便破滅了，璞尼子也就變成除了是不能用在原本用途上的失敗作之外什麼都不是的東西——但是既然是目的之外的副產品，所以其強度可說是以意料之外的規格為自豪之處。

根本就用不著拿就年紀而言，完全沒有參加過這場大戰爭的殺戮奇術集團匂宮雜技團的匂宮出夢，或是殺人鬼集團零崎一賊的零崎人識等人為例——失敗凌駕成功，有理扯下無理，這個世界上就是會有這樣子的事情。

就這層意義來說，原本由比濱璞尼子就是以「殺之名」七名為基準而製作出來的機器人——參考曾親身經歷過「殺之名」恐怖的人的意見，製作出她這個機器人。

參考自始至終都是參考。

然而不得不說這個結果非常好。

還差一步就要追上的這兩個人：將來的人類最強承包人，以及將來的少女趣味，由比濱璞尼子非常輕鬆地就加以擊退。

然而——

「我來接您了，主人。」

在地下停車場的深處。

躲藏在監視器死角位置的兩個人——已經被由比濱璞尼子發現了。一如曲識的猜想，監視器與璞尼子同為機器，彼此用無線傳輸連結在一起，所以她可以多方面地掌握住這間飯店內的情況。但是，這並不表示進入死角就能放心下來——因為她可以輕鬆推測出來，敵人應當位在鏡頭拍不到的死角。

當然，不只是這座地下停車場，飯店內產生出來的所有死角，都正在輸入璞尼子的硬碟中。

所以只要花一點點時間，她輕而易舉便能發現兩個人的位置。

兩個人。

零崎曲識——還有，架城明樂口中說的「我們可愛的小寶貝」，同時也是西東天所言的「我的女兒」的——紅髮少女。

兩個人。

都是十五歲上下。

精疲力盡的曲識，加上剛活過來的紅髮少女——雖然可說是處在窮途末路的危機之中，可是，曲識看起來似乎正在恢復平靜，至於紅髮少女——則是臉上浮現出了剛強的微笑。

「您怎麼了呢?主人。」

璞尼子做出側著頭的動作，這麼說道。

理所當然，她的線路正在體會——昨天應該已經殺死的少女如今這樣活著的不可思議，還有這個少女似乎正跟現在自己鎖定的目標一同行動的不可思議。

所以，才會詢問怎麼了呢。

但是，實際上，不管這兩個人好像是在想辦法或是沒有在想，在她看來都是「兩者皆同」——不管發生什麼事，從頭到尾她只是在忠實地在實行收到的命令而已。

雖然她沒加入機器人三大原則，但是實行創造者命令的忠誠，則是宛如女僕般地早就具備。

雖說她是機械。

還有，由於創造者一個知識不足，一個堅持己見，還有一個半開玩笑的結果，她的外表姑且不管，內在以女僕而言則是有很多錯誤之處——即使如此。

唯有忠誠，她具備了。

「真是拿這個破爛沒辦法。」

紅髮少女用亂七八糟的口吻說道。

儘管外表有著超齡的成熟，但說話方式完全還是孩子模樣。

「居然有辦法殺掉我，這還是嬰兒時代以來的第一次——真是的，我還以為大概活不過來了。」

紅髮少女說著這麼樣裝傻的話語，但是璞尼子可以清楚地感受到從她的內在湧現出來的激烈憤怒。

不是針對璞尼子的憤怒。

恐怕是針對璞尼子的創造者，那其中兩個人的怒火——既然如此。

璞尼子重新實行命令。

殺死反抗者。

殺死背叛者。

以同樣身為女兒的身分——身為妹妹的身分。

再度殺死這個少女。

如果殺了又會復活——那就殺到完全死亡就好。

機械沒有同情也沒有內心動搖。

有的只不過是，對創造者的絕對忠誠——

「我了解了，主人。那麼再來一次——您回來了，主人。」

喀鏘、喀鏘、喀鏘。

唔咿——

然後。

一邊發出只能認定是創造者沒品味的玩笑的復古機器運轉聲——璞尼子開始行動了。這個時候的璞尼子，紅髮少女也就罷了，對正在少女後方擺好架式的零崎曲識，她根本沒放在眼裡——要說是理所當然這也是理所當然。

以璞尼子的立場來看，曲識只是個不知為何要在戰鬥的時候演奏音樂的奇妙少年而已——因為他的音樂對璞尼子完全沒效果。

可以干擾肉體與精神，曲識的音樂。

但是璞尼子既無肉體也無精神——

「請您慢走，主人。」

「給我閉嘴！只有我自己才能叫自己主人！」

認定先下手為強，就在璞尼子即將起動完成之際，紅髮少女撲了上去——看準了這一瞬間。

「聲音師」零崎曲識，藉著音量大到足以迴盪在地下停車場內的少年高音——**開始唱歌了**。

作詞作曲——零崎曲識。

鬥志高昂曲——作品No.1，「鞦韆」。

◆　◆

「我會幫你的——所以你來幫我吧。」

毫無扭曲的直率雙眸。

既無戰略也無保證，用筆直的視線銳利地凝視著曲識，紅髮少女這麼說道。

曲識心想，這個人跟我完全相反。

相較於沒有感情起伏的曲識，少女就如同是個感情極端豐富的人——老實說，這甚至曲識感受到不講理且不愉快的壓力。

「就算妳要我幫妳……」

雖然放棄甩開少女那始終緊抓著自己，絲毫沒有鬆開之意的手，但曲識緩緩地搖頭。

「我能做的事情有限。恐怕沒辦法成為妳的助力。」

「啥？」

少女聽到曲識的話，露出訝異的表情。

「你在胡說什麼——我知道的喔。你說你是零崎對吧？既然如此，那你這個傢伙不就是屬於殺人的王八蛋集團嗎？」

「……雖然是這樣沒錯，可是我比較特殊。」

儘管不太認為可以對著請求協助的人提出異議（如果是軋識那鐵定勃然大怒），但曲識沒有這麼反應激烈，開始解釋起自己的情況。

「我是『殺之名』中罕見的『聲音師』。支配聲音就是我的本領。因為是擅長操縱人體與人心的人，所以純粹的戰鬥能力非常低下。」

「搞啥呀。你一下說自己『特殊』，一下又說自己『罕見』，你這種人通常就是凡人啦。你跟別人不一樣應該是理所當然的吧。」

「不要炫燿你有多普通啦」，少女似乎頗為生氣地說。

與其說是炫燿，不如說是自虐——但是，說不定這兩者本質上是類似的。曲識這麼想著，乖乖地把話吞回肚子去保持沉默。

沒錯。

他想這個少女應該是「不同的」。

「哦，原來如此，你是『聲音師』吧——我懂了我懂了。所以在你的周圍就會缺少聲音？我是因為四周突然安靜下來，以為發生什麼事情才驚醒過來，就是這樣吧？」

「嗯——是呀。」

以為是屍體的人卻復活了。

不管怎麼說，大吃一驚的人可是曲識。

算了，就現實來說，應該只是單純的假死狀態吧——然後正好就在那個時候醒了過來。

然而——一想到倘若紅髮少女再晚一點點醒過來，就會被曲識的自爆牽連，那個時候可能就真正會死去了，就會覺得這少女——大概是個運氣非常好的人。

雖然不知道她是誰——

「呵，你是『聲音師』呀——也就是說，你是璞尼子的手下敗將囉？因為她是機器人，所以什麼人體啦人心啦都跟她沒關係。」

「妳答對了。」

曲是想要繼續說「所以我沒辦法幫妳」，但搶在他開口之前，

「這不是很好嗎？」

紅髮少女說道。

「其實我也是璞尼子的手下敗將——其他的無名小卒我都收拾掉了，唯獨對那傢伙束手無策。」

「……是嗎。」

曲識獨自一人擊潰了三百人以上的軍隊——他理解到，看樣子這個少女似乎也幹了同樣的事情。

不，說得更正確一點——這個少女，一定在前陣子就事先替他去除了會是個「強敵」的人——所以今天曲識的襲擊行動，才會來得比預測的還要容易。

自命不凡——嗎。

「妳也是吧。」

曲識詢問少女。

「妳也是這場戰爭的受害者吧？」

「啥——？我不是啦，不管怎麼說，我都離受害者還差得遠呀。」

「不，妳不說原因也沒關係——我只是自然而然就問出口而已。我個人並不想跟妳說我跟那些身在這裡最高樓層的人有什麼關係。不想說就根本不需要原因。」

現在，正是曲識發揮與生俱來的強烈信仰的時候——話雖如此，不願意跟非家人的外人牽扯太深這一點，則是他清清楚楚的真心話。

「問題在於，我沒有辦法可以跟那個機器人對抗——就任何意義來說都是。就這一點而言，妳情況如何？妳這樣才復活過來，打得贏璞尼子嗎？」

「現在的我不可能贏的。」

自信滿滿地，紅髮少女如此斷言。

「因為我沒半個要贏她的動機。」

「…………」

就連曲識也浮現出了目瞪口呆的表情——然而維持著相同的語氣，紅髮繼續往下說了句「不過」。

她依然握著曲識的手。

宛如，同盟已經成立了一般。

彼此握著手。

然後。

「如果你說你要幫我，那麼你就可以成為我要贏她的第一個動機。」

然後——就是鬥志高昂曲。

作詞作曲——零崎曲識。

作品No.1，「鞦韆」。

運用著手掌的槍口，手腕內的刀劍，以及其他各種機關，毫不留情地對少女的身體不停攻擊的由比濱璞尼子，但少女面對所有攻擊都在千鈞一髮之際閃避過去，而且朝著璞尼子的身體用力擊出反擊之拳。

「請——請您住手，主人。」

「我怎麼可能住手！」

地下停車場成了舞臺。

占有非常的優勢，紅髮少女正在進行戰鬥。

但是嚴格來說——占優勢正在進行戰鬥的人並非紅髮少女，而是在她背後的，不停大聲唱著歌的零崎曲識。

他是——聲音師。

人體操縱與——人心操縱。

音樂擁有的干涉能力有多高，尤其無須多加說明——不管是世界上的哪個地方哪個文明，幾乎全都有類似音樂的文化。

讓精神亢奮——給予暗示。

馬馬虎虎的音樂都有這些效果了，所以專門使用音樂的零崎曲識，支配「聲音」的水準，足以與「咒之名」的那些人匹敵——甚至於凌駕其上。

就是因為依賴著這種技術，於是當由比濱璞尼子這樣「聲音」起不了作用的敵人突然出現之時，零崎曲識的戰略就會從根本開始毀壞——可是。

聲音產生效果的對象並不只限敵人。

連自己的夥伴——也可以聽到聲音。

這就是——全部攻擊。

不過，說是這麼說，但這對曲識來說根本是完全沒想過的念頭。**操縱夥伴的身體讓夥伴去戰鬥**，這種不得了的驚人想法——

自己的戰鬥能力雖是屬於個人戰鬥的時候比團體戰鬥時更能發揮的類型——說得極端一點，這麼做甚至會把夥伴都牽扯進來——但是！

如果是這個用法——只要作好心理準備要把夥伴當武器，把夥伴當軍隊來用，這種擔心就會遭到全盤否定。

「…………」

「呼」的一聲，曲識換了一口氣。

換氣的時候，他想到了。

然而——是怎樣的夥伴，才會對於自己的身體遭到操縱一事感到讚賞呢？被別人強迫當成軍隊——身體遭到操控，心靈遭到操控。不可能會有人，可以容許這種事情的。

曲識本來還以為是這樣。

所以——如果要說得更正確，更嚴格一點，這種念頭，是千萬不可以出現的。

不應該去想這種事情，他還以為是這樣。

可是。

少女，主動向他這麼建議。

「我擁有『力量』。」

紅髮少女說。

「以人類能力的極限，還有超越極限為目標的力量——無與倫比的力量。但是，我完全不知道這種力量要怎麼使用，不知道要再什麼時候使用。我不清楚這種力量的用途——靠自學與一己之力，就會碰到極限。即使如此，事到如今也沒有空閒去請別人教我——趁我悠哉做這件事的時候，一切就會畫上句點。說起來，我身邊圍繞的看來全都是敵人呀。不過，就在這時你出現了，我只能認定你是上天巧妙的安排——所以——」

所以。

「**你就操縱我吧。**」

「這、這種事情我——」

面對著似乎在躊躇的曲識——

反而是紅髮少女露出了笑容。

「我話先說在前頭，我是真的很厲害很厲害很厲害——所以操縱我戰鬥還打不倒璞尼子是絕對不可能的。這功勞就算你的吧。所以你要把勝利交給我。」

為什麼——

這個少女，為什麼可以信任別人到這種地步——而且還是一副理所當然的樣子。

她不知道要懷疑別人嗎？

例如說——曲識說不定會把她當成面對璞尼子時保護自己的盾牌，趁機脫逃之類的，她都沒想過這些可能嗎？

為什麼可以如此直率地信任才剛認識幾分鐘的人——沒有不懷好意，沒有一絲猶豫。

沒有不正當的念頭。

能夠信任別人——

「——唔！」

用更大的聲音——曲識唱著歌。

少年高音。

「歌」是曲識深藏不露的絕招，最後的王牌。

儘管是不能輕易在第一次見面的人面前使用的技術，但樂器全遭破壞的曲識，現在能發出聲音的方法，就只有這個了。即使能用口哨聲操縱人心，但沒辦法連人體都操縱——沒有演奏也沒有伴奏，完全的清唱，然而就是因為這樣，曲識的歌聲越來越強，支配著紅髮少女的身體。

讓她與璞尼子廝殺。

原來如此，曲識的確可以說實話——

她的「力量」非常驚人。

雖說是戰鬥方法有些非正規的人，但曲識到目前為止，由於身為「殺之名」的一員，也看過許多可說是規格外的特殊才能——相較於那些規格外的才能，紅髮少女的身體能力一點都不遜色。考量她的年紀，應該可說她是出類拔萃——總之無庸置疑，這是頂尖等級的才能。

而且最重要的是——**容易操縱**。

宛如有線連結在一起，操縱感絕佳。

這是因為平常曲識操縱的都是敵人吧——如果毫無抵抗地接受曲識的操縱，人類就會變得如此地容易控制。

操縱夥伴——曲識本來還以為這是千萬不可行之事。

這是成見。

因為願意接受操縱的人，數量並沒有那麼多——零崎雙識或零崎軋識這些人，雖然有可能會依照當時的狀況而接受操縱，但曲識認定他們絕對不會對此感到愉快——然而。

這或許只是無聊的拘泥罷了。

說是對手大概不願意信任自己吧。

但不信任人的——也許是曲識自己。

「——好好休息，主人。」

「妳這傢伙才快給我安息！」

「用餐時間到了，主人。」

「吃得下才怪！」

由比濱璞尼子與紅髮少女展開激烈攻防。

攻防——可是。

儘管從頭到尾紅髮少女都占了上風不停戰鬥——可是，彼此間的差距似乎逐漸在縮小。剛才，從捲起來的裙子底下露出來的右腳膝蓋發射出來的大量釘子，其中的一個約絡擦過了少女的肩膀，所以單方面的攻擊行動也宣告結束——

「嘖！」

紅髮少女發出不滿的咋舌聲，責備曲識。

「喂，你這個傢伙——你聲音變小了啦！這種歌沒辦法打動我的心呀！」

豈有此理。

雖然是不用親自戰鬥的「聲音師」，但絕對不是在進行輕鬆容易的戰鬥——一個人類不可能有辦法，永遠不停唱歌下去。使用樂器的時候亦然，但所謂的音樂出乎意料地消耗體力。特別是現在的曲識，就彷彿是在沒有休息的情況下持續著無氧運動。他已經連續超過五分鐘，發出一般人大概只能撐五秒的強大音量了——

「——唔！」

另一個麻煩就是——璞尼子的裝甲。

的確曲識可以說實話，紅髮少女的肉體出類拔萃，可是肉體始終就是肉體。不論施加多少攻擊，都破壞不了擁有非肉身的機械身體的璞尼子。萬一不小心力道拿捏錯誤，少女的拳頭就會受傷。

與「璞尼子」這個搞笑名字相反——

那是個鋼鐵的身體。

——時機。

但是，這也是早就知道的事情。

從一開始就知道了。

要破壞身為堅固機械的璞尼子有多困難，兩個人都親自體驗過了（紅髮少女甚至還死了一次）。

就是因為這樣。

零崎曲識——還有紅髮少女，都在評估時機。

等待著——那個攻擊。

「——呼！——呼！」

更進一步。

眼看就要吐出肺內所有的空氣，以血液中的氧氣幾乎都要變成聲波的驚人之勢，零崎曲識放聲高歌。

最大的音量。

藉著曲識歌聲的效果，紅髮少女輕輕閃過了璞尼子那彷彿如意棒，詭異伸長成槍矛般，企圖貫穿她身體的雙手——紅髮少女撲向璞尼子的懷中。

姑且不管紅髮少女。

考慮到零崎曲識再唱個三十秒喉嚨就真的會報廢的殘餘能耐，這恐怕就是最後的機會了。

紅髮少女握緊拳頭——

「請容我先失陪了，主人。」

喀鏘——璞尼子的嘴張得大大的——從中出現的是個砲口。

眼看著就要發射出巨大鐵球的砲口。

倘若再這麼近的距離受到這等攻擊，擁有凡人肉體的紅髮少女根本連一秒都撐不住——

然而。

「——**時機正好**。」

這時紅髮少女——露出了微笑。

然後。

把藏在手中的**手榴彈**——朝著璞尼子的口中，用力地推過去。

硬塞了進去。

不管想要多麼強化外部——不，外部越是堅固，出乎意料地，越是會禁不起來自內部的衝擊——那個時候。

一開始的，那個時候。

紅髮少女，之所以阻止零崎曲識拔掉手榴彈的安全插梢——並不是為了要防止曲識的自爆。

始終都是。

因為只要有那個手榴彈就能夠打倒璞尼子——所以復活過來的第一件事，就是抓住曲識的手。跟曲識不一樣，少女非常了解璞尼子，某種程度上已經掌握了璞尼子的構造——全身上下裝設的機關，掌握到了一定的程度——也知道嘴巴裡面有砲口的事情。

只要知道——就可以將計就計。

曲識是個聲音師，這一點徹頭徹尾都只是個單純的好運——可是，阻止他的自爆，則是她所選取的戰略。

「妳被開除了。想伺候我，妳過一百年再來吧！」

拔起來的安全插梢——從紅髮少女的手中丟了出去。

「別了，我的妹妹。我愛過妳了。」

◆　◆

「哎呀——曲識，可終於見到你了——真的是好久，你先前跑哪兒去了？因為是你，所以我是不太擔心啦，平安無事就是最重要的——」

第二天——

零崎曲識與零崎雙識以及零崎軋識會合了。將來人稱零崎一賊三巨頭的這三個人，此時在這裡，完成了好久沒有的集合。

三人在距離那間高級度假飯店，皇家王權飯店約莫十五公里的某個住宅區裡，某個空房子中重逢。儘管大致假設了幾種類別，按照情況再決定集合之處，但至今為止互相錯過了不知道多少次，隨意地過來集合看看，結果反而讓人倍感意外。

與其說是意外——不如該說是比預期來得好。

雙識的情緒，老實說從曲識平常的判斷來看是能看到些許鬱悶，但只有這時候會不認為那是鬱悶。

「你的衣服雖然破破爛爛的，但是總之——看起來是沒受傷的樣子。」

「…………」

軋識的狼牙棒架在肩膀上沒放下來，說道。

「嗯？曲識你怎麼了？」

因為曲識沉默著，雙識便這麼說道，他擔心地看著曲識的臉。曲識對此，

「沒事。」

這麼回應。

「所有的事情都——還不錯。」

還不錯。

雖然這麼說，聲音卻完全啞了——三天時間大概恢復不了正常吧。雙識與軋識雖然了解曲識的「武器」為何，但對這沙啞的聲音完全藏不住訝異。

兩個人異口同聲地，

「發生什麼事了？」

這麼問。

發生什麼事了——這很難說明。因為這應該得花上不少的時間解釋，還有即使花上不少的時間說明，但說到最後的結果，曲識就是失敗了——

在那之後。

地下停車場的柏油地面上——頭部由內而外被炸開，脖子以上都不見了的女僕機器人，由比濱璞尼子，發出巨大的聲響倒了下去。

然後。

「璞尼子是想辦法解決了——不過。」

紅髮少女一邊用手企圖梳整受到爆炸波擊而吹亂的頭髮，一邊說道。

「這麼大的爆炸聲——**那些傢伙**應該已經逃走了吧。他們很注意璞尼子的情況，應該有辦法監視才對……雖然這裡是死角，但也是有監視器。話說回來，那個魔術師大叔很擅長見機行事——哎呀呀，明明好不容易追到這裡了……算了，光是打倒璞尼子就夠值得稱讚了。」

「…………」

零崎曲識——一邊聽著這番話，一邊當場坐了下去。不，這不是他平常充滿自律的行動——只是單純因為疲累至極，負荷不了體重，膝蓋無力，才會不由得難看地一屁股跌坐下去。

回頭看著這樣的曲識。

「對了——謝謝啦。託你的福我才得救了。你應該也是因為有我才得救的吧？我們彼此都可說幸福快樂啦，請多關照。」

紅髮少女這麼說道。

「總之，因為請你操縱我，所以我也得知了『力量』的合適使用方法了——原來，是這樣子的感覺呀，這種結果真是太好了。就這一點來說，我得向你道謝。唔你是……零崎，曲識……對吧？」

「……嗯。」

這麼回答的曲識，聲音沙啞。

因為才剛把喉嚨使用到極限，現在要發出讓對方勉強聽到的聲音都得花上九牛二虎之力。

而且儘管這麼回答——零崎曲識依然在思考。

確實曲識是因此得救了。

如果那樣下去，曲識毫無疑問會因為無計可施而死在由比濱璞尼子手上——現在這樣子，唱破喉嚨就能活下來，已經是幸運了。

可是——怎麼樣呢。

究竟如何呢。

教會了這個紅髮少女「戰鬥方法」——究竟是幸或不幸？

對曲識來說。

對零崎一賊來說。

或者是——對世界來說。

當然，後悔已經來不及了——覆水難收。面對著差點要滿溢出來的，所謂「才能」的這盆水，曲識已經掌握到了一條路。剩下的就彷彿是——水往低處流。

也只能，順其自然了。

「……算了，還不錯。」

還不錯。

不安的種子雖然清不盡，可是——不可思議地，能夠打從心底，這麼想著。

完全沒把這樣的曲識放在心上，「不過呀——」，紅髮少女說。

「你呀——喊叫聲還真是有夠大的呢。那是搖滾樂嗎？沒想到呢，單單是你的聲音的衝擊波，大概就可以變成武器了吧？」

「……不可能吧。我雖然聽說過是有這種類型的聲音師……可是很遺憾，我對這樣使用聲音的方式並不拿手。我的專長是支配聲音——不是解放聲音。」

「是哦？你幹麼自己亂認定啦，笨蛋。」

聽到曲識聲音沙啞的話語，紅髮少女回應：

「如果兩者都做得到，那應該是最棒最帥的吧。應該是說，要是你辦得到，那麼你獨自一個人就可以打倒璞尼子了。什麼不拿手啦不是專長啦，全部都是你的藉口吧。既然活下來了，那就要努力呀！不對不對，死了也是要努力。我就是死了還在努力。」

「…………」

「可是，即使打敗了璞尼子，你有沒有辦法獨自打倒那兩個人，還是很難說個準——因為他們都很奇怪。唉，算了。我要走了，你有什麼打算？」

完全沒有任何打算。

如果連最後的武器「歌」也唱不出來，那麼在這種情況下大概連個口哨都吹不出來吧——失去寸鐵殺人送的手榴彈，甚至要自殺都沒辦法。與紅髮少女的推測不同，即使曲識的目標，這場戰爭的主謀者，沒有逃出最高樓層——曲識也已經束手無策。

果然。

只能夠，敗逃。
失敗了。
「唉……別管這個了。」
還不錯。
不可思議地——關於這一點，是由衷如此認為的。
然後。
「啊，對了對了。」
說完——紅髮少女，拍手了。
啪啪啪。
這種感覺地。
「……？妳在做什麼？」
「沒有呀，就拍手呀。拍手拍手。」
紅髮少女靦腆地說。
「你的歌聲很好聽呢。將來有一天，要再唱給我聽喔。」

——於是。
結果——曲識什麼目的也沒能完成。儘管，都已經那麼逼近到事件的核心了——卻只是什麼也沒得到就敗逃，然後慌張狼狽地跑到這棟空房子來而已。

要說收穫——就只有那個少女的，那麼丁點掌聲罷了。

「…………」

可是很有意思。

搞不好，得到那個少女的掌聲這回事，總有一天——一定會變成拿來誇口的題材。

他甚至有這種感覺。

「雙識哥、軋識哥。」

曲識說道。

放棄所有的說明。

什麼都沒有說——只是，說出自己的決心。

「從今以後——我為了要贏這場戰爭贏到底，為了活過這場戰爭，我想要請雙識哥與軋識哥，讓我操縱你們的身體。只要有我的音樂——一定可以引出兩位充分的能力。」

「哦？好呀。這很好呀，你馬上動手吧。」

軋識立刻這麼回答。

「我一直在等，等曲識自己主動這麼說。」

雖然說起來果然很像在騙人，但是曲識也以幾乎不著痕跡的方式，這麼說道。

什麼呀。

原來是這麼簡單的事。

零崎曲識，這麼想著。

「……還有另外一件事──你們可以聽聽我的決心嗎？」

曲識──維持著同樣的態度說。

「這場戰爭結束後，我──除了少女之外一概不殺。」

「……嗯？」

兩個人都對這句話疑惑地側著頭。

當然，應該不知道這話涵義何在。

可是──只要看一眼那個紅髮少女就懂了。

一定，能夠明白曲識所言之意。

「這是──阿修羅道喔。」

即使如此，依然以不知內情的方式，雙識解釋了──曲識想說的話。

「雖然我想說了也沒用，所以不會阻止你，**可是萬一因為受挫而失敗**──你就會嘗到零崎一賊歷史上，從未有人嘗過的，塗炭之苦。」

「還不錯。真的是，還不錯。」

曲識說道。

總有一天。

如果是為了，將來讓她再聽聽我的歌聲。

「這樣子開始零崎，也還不錯。」

「少女趣味」。

一賊中唯一的素食主義者，零崎曲識——這就是他誕生的故事。

◆　◆

——時間，稍微前後推移一點點。

在具備規模大到讓人在特大型前面還想再加三個超字來形容的高級度假飯店，皇家王權的地下停車場內——發生了某個異變。

在沒有半個人，已經連監視器都停止運轉的那個地方——由比濱璞尼子，緩緩地立起了身體。

喀鏘、喀鏘、喀鏘。

唔咿——

就這樣，一邊發出只會讓人認為是創造者沒品味的玩笑的復古機器運轉聲——她一邊用兩隻腳站了起來。

沒有頭部。

頭部徹底炸光了。

脖子上面空無一物——

「……早安，主人。」

然而。

璞尼子從頭到尾都是個機器人。

即使頭部炸光了——**只要那個頭部裡沒納入重要的裝置**，那麼她就可以繼續活動。

身為機器人，不管再怎麼樣模仿人體構造——也根本沒必要連致命要害都設置在相同位置。

中央處理器並未配置在以人類來說相當於腦部或心臟的位置。

三個研究者並不愚蠢。

雖然瘋狂，但不愚蠢。

「我會永遠跟您在一起的——主人。」

沒有了頭部——由比濱璞尼子依然往前走。

用附上輪子的鞋往前走。

搜尋著，她的姊姊——

故事結束了。

戰爭繼續。

（第二樂章——終）

零崎曲識的人間人間 3

Crash Classic的會面

近畿地方某府的鬧區（註2）。

說是某府，就會知道是京都或大阪兩者其中之一吧——總之，是某府的鬧區。

位在角落的時髦露天咖啡廳的某張桌子，坐著兩個跟店內氣氛不怎麼搭調的人。其他位置的客人當然就這麼想了，甚至連咖啡廳的服務生都明顯地投以詭異的視線，但這兩個人不知道有沒有察覺到這一點，完全沒有放在心上的樣子。

一個是臉上刺青的少年。雖然因為坐在椅子上而不清楚正確的身高，但肯定的是以男性來說這是個非常瘦小的體格。染得斑駁的頭髮，右耳有連續三個耳環，左耳戴著讓人以為是手機專用的吊飾。虎紋的體育短褲加上設計得有點不穩當的工作靴——上半身則是直接赤裸，穿著件戰術背心（tactical vest）。

另一個，外表怎麼看都像是個高中女生。雖然看來比臉上刺青的少年還來得年少了點，但身高應該是這個少女高了一些。下半身穿著高中女生風味的百褶裙配上深藍色襪子，還有學生鞋。上半身是色彩鮮豔的上衣，大概是尺碼不合吧，袖子有點過長。明明已經到了可說是夏天的季節了，少女卻還把戴著的毛線帽拉得低低的。

兩個人邊談論著各種話題——邊等待著點好的餐點送來。

儘管如此，對話的內容似乎總是毫無意義可言。讀賣巨人隊的球迷不應該搭乘阪

---

2 近畿地方包括二府（京都、大阪）以及五縣（兵庫、奈良、和歌山、滋賀、三重）。

神電車啦，不對就算這麼說那阪神虎隊的球迷要是有喜歡的樂團在東京巨蛋開演唱會的時候還是會買票去看吧，這麼思考的話那西武獅隊的球迷如果在西武百貨之外的地方購物不就是背叛的行為嗎，羅德海洋隊的球迷應該不會買非羅德製造的糖果餅乾吧，之類的對話。

不久，女服務生端著放有餐點的托盤，終於來到了兩人的位置。因為是點餐先付款的制度，還以為已經完成了當個客人的義務了，這名女服務生沒有任何招呼，並未打斷兩個人（無聊自有無聊樂趣的）正在興頭上的對話。

哈密瓜蘇打。

熱咖啡。

三明治套餐。

大杯聖代。

把這些東西在桌上擺好後，這名女服務生便匆忙離開了。看起來還未成年的她，雖有年輕人的好奇心，對這奇妙的雙人組似乎頗感興趣的樣子，可是相較之下，應該還是不想跟這些怪人扯上關係的心態略勝一籌。

要說當然這本來就是理所當然。

不如說，保持距離是個正確至極的判斷。

一如俗話說好奇心殺死貓，如果該名女服務生產生了奇怪的冒險心態，這種情況下，可沒有半個人可以保障她的人身安全。

因為不論如何——這兩個人，可是殺人鬼。

殺人鬼。

隨機殺人者。

「呵呵呵，送來了呢。看起來好好吃喔。伊織我呀，肚子已經餓扁扁了。」

戴毛線帽的少女——無桐伊織這麼說道，大概是要對著臉上刺青的少年——零崎人識，調整一下頭部位置的高低，少女身體稍微前傾。

「啊～」

張大嘴巴。

「…………」

看著伊織這樣的行動。

「嗯？你怎麼了？人識？快點餵我吃呀。」

「……太可笑了。」

人識露出非常厭惡的表情，低聲說道。

首先，把哈密瓜蘇打跟大杯聖代移到自己的面前不讓別人碰——雖然不知道女服務生會作何感想，但這個少年看樣子是非常嗜吃甜食的人——把熱咖啡與三明治套餐推到伊織前面，緩緩地拿起一份三明治，粗魯地塞進伊織的嘴裡。

「唔、唔——！」

伊織不由得身體向後退。

但她也沒把塞過來的三明治吐出來，而是一邊死命硬塞進自己的臉頰內側，讓臉頰變成像松鼠的臉袋一般地塞滿，一邊想盡辦法咀嚼。

「咕嚕咕嚕。」

然後，自己邊發出模仿聲邊吞嚥下去。

「你再溫柔一點啦，人識。」

伊織對著對面的少年抱怨。

「來吧，接下來餵我喝咖啡吧。啊，砂糖要放多一點，不要放奶精喔，這樣味道會混在一起。」

「…………」

人識依照指示，從桌上放著的糖罐子取出三顆方糖，放進咖啡，用小湯匙加以攪拌。

就跟剛才一樣，把拌好的甜咖啡送到伊織嘴邊。

就跟剛才一樣。

也就是說，動作粗魯。

「好燙——！」

三明治還好處理，但嘴裡硬被灌進剛泡好的咖啡的伊織，這下子可忍耐不了了，一口氣把咖啡都給噴了出來。

當然，噴出來的咖啡，噴到了對面的少年身上。

殺人鬼。

自稱不管是把人切割成多碎，也不會沾到半滴血液的殺人鬼，零崎人識，現在因為高中女生嘴裡噴出來的咖啡而整個人像是泡過水。

不，應該說是泡過熱水會比較貼切。

「討厭啦，你真是的，這是活該呀！人識你太過分了啦！妳這樣不就是在虐待妹妹嗎？」

「應該是說，妳這個人……知道要我餵你喝，就應該點冷飲才對，為什麼要點熱的？妳呀，還真愛挑戰。」

拿起手邊的濕毛巾，一邊擦掉伊織噴出來的咖啡，一邊露出厭煩的表情，人識說道。

「真是夠了，妳真讓人頭痛……我說，這是為什麼？為什麼我得在這種情況下，要像個十分熟練的管家，伺候妳吃喝東西才行？」

「我又沒辦法！」

伊織說。

她把針織衫過長的兩個袖子，展示給人識看。

「因為我都變成這樣子了。」

仔細一看。

少女雙手的樣貌，有些不自然。

那並不是——針織衫的袖子太長了。
而是無桐伊織的，手臂長度——太短了。
所以——針織衫的袖子，才會多這麼多。
就在前幾天。
兩個人，被捲入了某個小規模的戰鬥中。不，雖然人識或許是完全被捲入了其中，可是身處在事件中心的伊織，情況則是相反，她是自己攪和進去的——姑且不論是不是應該要這麼說才對，總之在取得那場小規模戰鬥的勝利時所付出的小小犧牲，就是無桐伊織失去了雙手。
手腕稍微上去一點點的部分——被切斷了。
被某對兄弟給，砍斷了。
右手腕被弟弟。
左手腕被哥哥。
雙手各自，被砍斷。
幸好兄弟兩人都是用刀劍的高手，切口很漂亮，還有人識負責的事後處理也很完美，應該不用擔心破傷風之類的事情——但畢竟事出意外，後來企圖將被砍斷的手復原也是以失敗作收。
算了。
考慮到在那場小規模戰鬥中，總計來說，出現了那麼多犧牲者這一點，一名少女的兩個手掌這種小意思，不是諷刺也不是謙虛，或許真的就只是個小小犧牲。

「如果人識不肯餵我吃東西，那我就只能餓死了。人識的意思是要我去死嗎？人沒有吃熊貓是活不下去的！」

「就連我都沒想過，原來人類存續竟然得吃熊貓。」

「明明沒麵包好吃還可以吃錢！」

「妳也太名媛過頭了。」

「哎呀呀。」

「我又不是要讓妳餓死。可是，妳努力一點的話，應該自己也可以想辦法解決吧？」

「你是要我跟狗一樣用嘴巴靠近食物去吃嗎？唔，我知道了。我會試試看的。」

說完，伊織的身體前傾得比剛才更嚴重，臉湊近放有三明治的盤子。

「唔、唔、唔。嘖、嘖嘖。咕哇咕哇。唔呀——」

「別這樣。是我不好。」

就在伊織要開始舔黏在盤子上的芥末之際，人識終於受不了而出聲制止。

直起身子的伊織，芥末啦番茄醬啦在她的臉上展現了迷幻風格的化妝成果。人識拿起剛剛擦拭自己身體的濕毛巾，擦著伊織的臉。雖然下手還是有點粗魯，不過，已經讓人可以感受到屬於他個人對待女性臉蛋時的用心了。

「不過，我說伊織妳呀。飲料這種東西，妳就點有吸管的好讓我看看妳有腦袋有多聰明呀。」

「遵命，沒想到還有這一招。」

「三明治——某種意義來說，是點對了。」

用靈巧的手法把因為伊織臉湊上去而弄亂的三明治恢復原狀的人識，看樣子個性比一般人還擅長瑣碎的作業。

「因為三明治本來好像就是以方便食用為優先的餐點嘛。」

「嗯？是這樣嗎？」

「你不知道嗎？人識。」

伊織露出「你真無知呀」的博學多聞的表情。

「以前，有個叫做三明治伯爵的人。那個人呀，因為煩惱『沒辦法邊玩撲克牌邊吃東西』，最後想出來的解決方法，就是這道餐點。三明治這個名字，就是從這個伯爵的名字來的。」

「雖然我不知道這是哪個時代的故事，可是身為一個自視甚高的伯爵，這種留名歷史的方法還真是無可奈何呀……」

人識眯起眼睛，陳述著自己的感想。

「我的意思是，主張說自己想出來把料夾在麵包裡面這種東西是原創的料理這一點，說起來也很讓人目瞪口呆。這麼點小意思的東西，一定是西元前開始就存在了。」

「哎呀，這種道聽塗說都是經過加油添醋的啦。我也聽過其他好幾種說法呀。到底哪個才是真的，實在很難斷定。」

「唉，算了啦。不要為了這種事情爭論啦。真是的，妳真讓人束手無策。如果妳怎樣都無法判斷，那就沒辦法了，妳就把我的想法當成是結論吧。」

「因為人識是個大器量的人吧。」

不知道是在開玩笑還是當真的，伊織露出正經的敬佩之色。

「那麼，就請你以你的大器量，好好地照顧我吃東西吧。」

「我說呀——」

「你這是矮子拿著個相較之下更顯得大的盤子，應該要這麼說才對嗎？」

「我要宰了妳！」

出自殺人鬼之口的危險臺詞。

但是眼前這個情況，聽話的人也是殺人鬼，所以似乎沒什麼效果。

「呵呵，不要放在心上啦，人識。因為，就女孩子來說，我算是比較高的。我已經很習慣面對比自己還要矮的男生了。我不會因此就瞧不起你的啦……不過，就物理層面我還是會瞧不起你的！」

「妳最好除了斷手之外連腳也一起斷。」

「好可怕！」

「快點吃啦！」

邊說著「我到底是在幹麼呀」，邊再次拿起一份三明治的人識。這次，他乖乖地，餵伊織吃東西。

咬呀咬的，伊織邊咬斷三明治，邊慢慢地吃著。

「好吃嗎？」

「好好吃喔。」

「真是太好了。」

用另一隻手拿起湯匙，人識開始吃起自己的大杯聖代。由於材料包括了冰淇淋，不能放太久不吃。

「大致上呀！」

伊織說道。

「事到如今，你就別抱怨照顧我吃東西這麼點小事了。因為接下來幾天，不管是我要上廁所還是要洗澡，日常生活全部都要拜託人識你幫忙了。」

「不，我實在對於照顧還包括這些項目，深感疑惑。」

「人識你明明就很高興還說咧。因為可以藉著照顧這個正當理由，跟這麼可愛的高中女生一起上廁所一起洗澡嘛！」

「也許是有人有這種興趣，可是我沒有。我喜歡的是再年長一點的大姊姊……沒事，是我自己的問題。」

「你喜歡漂亮大姊姊嗎？」

「有人會討厭嗎！」

「總而言之啦～」人識這麼說。
臉上滿是苦笑。
雖然有抱怨，但基本上他是個不會垮掉笑容的少年。
「我身為一個男人，還沒有成熟到想要跟進去女廁。」
「你是在說 incent 的事情嗎？」
「如果妳是要說純潔，正確的說法應該是 innocent 才對。incent 是昆蟲。」
「哎呀哎呀。不過呀，你只說不想跟著去廁所，那反過來說，就是你果然很高興可以跟著去洗澡吧。」
伊織以別有涵義的微笑回應到人識的話語。
「雖然看起來這麼神經緊張，不過你終究是男孩子嘛。那麼你也非常期待洗完澡可以來個全身按摩之類的囉？」
「我是晚了點才注意到啦，不過全身按摩這種事情跟妳的雙手被砍掉，根本一點關係都沒有吧……」
「這不是很好嗎？可以看到我毛線帽底下的樣子的人，可是不太多的喔。」
「我不知道這有什麼值得看的。」
「我要告訴這樣的人識一個好消息！」
「什麼好消息？」

「YO——HO——！」
「妳是海盜嗎！」
「現在雖然還沒有這麼多的需要，不過說不定在不久的將來，人識也要幫忙我排解難以對付的性欲！」
「我只會照顧妳一段時間。」
人識想要站起來。
「啊——」，伊織發出尖叫。
「妳聽好了，我呀，最，討厭，這種，下流的，笑話，了。」
「好純潔喔。可是女生的性欲遭到否定了，那我們是要怎樣談論BL才好？」
「首先，不准講BL……妳呀，是不是受大哥的荼毒太深了？第一個碰到的『零崎』就是大哥，某種意義來說真是災難——」
說著，可能本來就不是當真要離開，人識再次坐回位置上。
「啊——說真的，本來我現在應該是坐在飛機上，翱翔在白雲之上的——因為出了不得了的差錯。不知道是哪裡出問題了？看樣子，跟大哥扯上關係果然沒什麼好事。」
「與其說是雙識哥的問題，我認為應該是那個紅色人害的。」
「總之人識就這樣待在我身邊了，這個結果很讚」，伊織格外任性地說道。
一想到因此引發的電車意外絕對不能說是小規模的，就會覺得現在更不用說了。
「對了，我看，妳就找朋友來幫妳吧！妳既然是高中女生，總有幾個朋友吧。」

「雖然我不知道你說既然是高中女生這是什麼意思，但我是有幾個朋友啦。可是，不能讓朋友來照顧我的生活起居呀。這種事情，畢竟還是非得拜託家人才行。」

「我從來不認為大哥以外的人是家人——呃，沒事。那麼，妳的親戚呢？雖然妳的家人都被殺了。」

在露天咖啡廳的座位，說著危險的發言。

完全沒有在意旁人眼光的樣子。

「應該不會沒有比較親的親戚吧？」

「嗯……可是，不管是我還是人識，他們不是說當我們已經死掉比較好嗎？」

「啊，好像有這麼回事。」

「我都忘了，」人識說。「既然如此，那這樣妳看如何？雖說妳不是我喜歡的類型，可是妳算是滿可愛的——妳就隨便用甜言蜜語誘騙那邊的男人好了。」

「人識好像不知道，女孩子為了要變可愛付出了多大的努力……」

伊織小聲地呢喃。

低低的聲音。

「算了，反正在照顧我的這段時間，你一定會明白這件事的」

「……為什麼我的人生，總是會這個樣子呢。不管是大哥還是出夢還是『那傢伙』……為什麼像我這種不可靠的人，還非得為別人的事情操煩呀。」

「出夢？那是誰呀？」

「無孔不入的殺手啦。那傢伙，現在不知道在哪裡在做什麼……暫時見不到面了。」

「是你的朋友嗎？」

「是也有這種關係啦。」

「哎呀哎呀，你在裝模作樣吧。」

「所謂的裝模作樣，這句話本身就是不清不楚的存在了。」

「不清不楚嗎？用棒球的守備位置來譬喻，就是游擊手吧。」

「游擊手才不是內野剩下來的傢伙。」

不能跟將棋的桂馬相提並論（註3）——

人識這麼說。

然後，人識含著吸管，喝著哈密瓜蘇打。

接著。

「我看還是有必要——裝個義手。」

「啥？」

「就是妳的義手呀。雖然這是個表面上的問題，不過，畢竟是一開始就應該解決的。儘管我很不情願，但那個白痴大哥都拜託我了也沒辦法——我會照顧妳到妳說的那些項目的。」

3　桂馬是日本將棋的棋子名稱。因為走法特殊，不擅長下棋的人可能到結束都沒有動過，所以作者拿來譬喻多餘的東西。

嘿咻。

人識一聲吆喝後，彎下腰去做出探頭進去桌子底下的姿勢。然後從這樣的視點，看到了伊織百褶裙的裡面。

立刻，學生鞋的鞋底就朝著他的臉踹過來。

命中。

「唔哦。」

面對在桌下被用力打頭之後，慌張爬出來的人識，直接賞了他一個顏面直踢的伊織投以十分冰冷的視線。

「很痛嘐！妳幹麼踢我！」

「這是沒有感情的懲罰。」

「原來妳對我沒感情。」

「有其兄必有其弟呀……人識，你竟然敢光明正大看人家女孩子的裙底風光！」

擺出與其說像是妹妹不如說更像是姊姊的態勢，伊織斥責人識的行徑。

「我有穿安全褲，你幹這種事情是沒用的。」

「我知道啦……妳以為是誰幫妳換衣服的？」

「啊。是這樣說沒錯啦。」

「我說，就算不管這一點，妳喜歡穿短裙，可是被人一看就要發火，這也太不講理了吧？」

「你才不懂呢，人識。高中女生想現給別人看的始終都是雙腳，還有大腿。」

「裙子短一點腿看起來才會長」，伊織公布了這個小常識。

「所以高中女生不喜歡內褲被別人看到。」

「不論如何話都是妳在講。」

「嗯，因為是時尚流行這塊領域的事情嘛。」

伊織以深刻的口吻說道。

「這就是所謂的『女孩子為了要變可愛』。」

「剛剛妳就說過了。如果是這樣，那不就是令人感動的努力嗎？可是，身為男人的我完全不懂。」

「沒這回事——人識你呀，又挑染頭髮又穿耳洞的，不是很努力在追求流行嗎？」

人識的手刀在伊織的毛線帽上發威。

漂亮的角度。

「唔哇——人識！你居然對失去雙手無法防禦的弱女子使用暴力，真是太殘忍了！」

「這是沒有感情的懲罰。」

伊織的話似乎碰觸到了某個逆鱗，人識以十分嚴肅正經的視線瞪著她，這麼說道。

「給我聽好了，不准妳再針對我的打扮說什麼『很努力在追求流行』之類的話。」

「哎呀哎呀。」

「妳這種來自上方的視線是什麼意思？」

「就物理層面的自然現象嘛。」
「妳在心理層面地位也比我高吧……真受不了。」
一邊用手把臉上被踹的髒汙擦掉，人識一邊彷彿自言自語地說。
「我看，果然有必要快點裝好義手。這種生活，要是再延續一個月之久，就會到達極限過不下去了。或者該說，是我的精神會撐不下去。」
「雖然你說這說那的，可是我想你只要能夠照顧我滿一個月的話，就可以讓我想像到你至今為止的人生有多麼辛苦了。」
「無所謂啦，剛剛我說過的那個叫做出夢的人，那傢伙也不能使用雙手——因為經歷過很多事情，所以我對這方面也有點基礎知識。」
「嗯喵？」
「嗯喵個什麼呀。妳是陶偶號呀！那我聽成呵喵可以嗎？」（註4）
說著——人識不知不覺間已經吃光了大杯聖代，抓起伊織吃剩的三明治中的一份。
雖然先吃甜點再吃三明治好像是弄錯順序，但對甜食愛好者的人識來說，這種事情似乎不打緊。
他是因為喜歡所以才吃的人。
應該是吧。

4 陶偶號是八〇年代日本ＮＨＫ幼兒節目中的一個角色，是個不會說話只會發出「嗯喵」的聲音的陶偶，他的隨從陶馬將此聽錯聽成了「呵喵」。

「可是，人識，關於義手的事情，前天已經講過了——我記得，我們得到的結論不是說現在這個時候根本莫可奈何嗎？」

「在那之後我一直在思考方法呀。唔——雖然，這是個我不想選擇的選項啦……事情都到這個地步，就不能挑三撿四了。儘管如果動用大哥的人脈，事情應該會更好辦就是了。」

「啥？」

一頭霧水也還是點頭的伊織。

雖然讓人覺得明明不知道還點頭到底是怎麼搞的，不過看來這就是她的個性。

人識從戰術背心的口袋拿出錢包，再從裡面拿出一張名片。那不是張私人名片——看樣子是店家的名片。

「啊，是那個呀。」

「嗯。那個時候過了以後，我從大哥那邊拿到的。」

「這是什麼名片？人識你好像有頭緒的樣子。」

「嗯——」

不見得要用話語回答，人識把那張名片放在桌上。

伊織念出上面的文字。

「Piano Bar」

「Crash Classic」

「皮阿諾巴……可來咻，可來西可？」

「雖然我不會要妳好好講英文，可是好歹妳也要發音發得像樣點。」

「Piano Bar Crash Classic」，人識說道。

「這間店的老闆，是零崎一賊的一個成員。」

「哇。咦——零崎的人裡面，也有認真在工作過日子的人呀。」

伊織似乎有些驚訝。

彷彿是出乎意料。

「難不成，雙識哥他也有在工作？」

「不，那傢伙好像有個有錢到要死的富貴朋友。他打扮成那種上班族的模樣，基本上只是好玩而已。」

「好讓人羨慕的生活。」

「總之，除了他這種例外，大家都得認真打拚才行。」

「不過人識你是尼特族吧。」

「唔……用這個詞來說我的，妳還是第一個。」

直接一針見血講出殘酷的事情。

由於這真的是不可動搖的事實，所以人識似乎沒有反駁的辦法。

實際上，三明治與咖啡就不用說了，連大杯聖代跟哈密瓜蘇打的錢，全部都是從伊織的錢包拿出來的。

人識面對伊織態度有點無法強硬起來，這要說是原因之一也是原因之一沒錯。

「唉，算了。」

人識重整姿勢。

「就算話這麼說，不過那個零崎還真是個非常奇怪的人呢——一般來說，不會做這種這麼公開的工作吧。嗯，我也不清楚啦……不過那個人明明在我去念國中的時候還大發牢騷，結果自己不知道為什麼也是明目張膽開什麼店做生意呀。」

「奇怪的人——是嗎。奇怪？啊，該不會，所謂的那個，就是你想要介紹我給他認識的那個，零崎的人嗎？」

「不是啦，我想要介紹妳給他的認識的人，是在零崎一賊中比較正經的重要人物啦……嗯，我說的重要人物，叫做零崎軋識，是個使用狼牙棒當武器的殺人鬼喔？」

「我不認為這樣有比較正經。」

「也許是吧，即使如此，也還是比那個人正經多了。說真的，我也不是很想跟那個人碰頭……那個人呀，反而是一賊之中屬於讓人不太想見到的人……不過，我看畢竟，不能這麼說啦。」

人識說道。

「總而言之，伊織，把妳裙子裡面的那個東西借我。」

「那個東西……你是說安全褲嗎？」

「不是。」

「那是內褲囉？」

「妳這話實在錯得太離譜了。」

搖搖頭，人識繼續說道：

「妳應該知道吧？大哥的擅長武器——就是妳從大哥那邊承接過來的那把大剪刀『自殺志願』。」

「…………」

「我要帶著它——去找一下『少女趣味』……零崎一賊中唯一的素食主義者零崎曲識，也就是曲識哥。」

◆　◆

Piano Bar——Crash Classic。

名片上印著的這個地方，位於遠離關西區的某道某市的鬧區，從某個時期開始有如雨後春筍般冒出來的參差不齊的高樓大廈的某一棟的，地下二樓。

沒有多餘的錢可以搭飛機或是新幹線。

零崎人識幾乎身無分文。

即使贊助人無桐伊織，多少還算手頭寬裕，不過終究是個高中女生。不，由於伊織應該已經無法回去原本就讀的高中，所以能說她是高中女生，也就只剩下到學校方面妥當處理完畢她的事情之前的，這短暫的時間而已了——總之。

於是，兩個人搭著深夜巴士前往目的地。

接著為了打發天亮之前的時間，兩個人住進了以旅行社廉價方案預約好的商務旅館。這個時候，可說伊織的錢包已經見底了。

「怎麼辦？雖然姑且還有現金卡，可是拿來用應該很危險吧？」

「嗯，這樣會沒命的。不是妳，而是我借出來的數字會……天呀，這太不妙了。總之妳放心吧，如果跟曲識哥的交涉順利，他應該會借給我們眼前所需的花費吧。」

「哦。」

「不論如何他開了一家店，應該很威風吧。」

雖然就某種意義來說，人識的發言充滿了樂觀與希望的推測，根本就不曉得經營一家餐廳有多麼辛苦，可是，那家店——Crash Classic 實際上去走一遭看看的話，似乎未必可說這種想法是錯誤的。

地理條件優秀，儘管面積不太大，但地板打掃得乾乾淨淨。桌子共有五張——桌子跟椅子，好像全部都用螺栓固定在地上的樣子。

故意調成微暗的燈光。

桌子的對面有個高起來的舞臺——上面放了一臺閃耀著黑色光芒的，漂亮平臺鋼琴。

「…………」

雖然伊織堅持自己也要同行，但遭到人識強力說服，待在旅館休息。如果是稍早之前也就罷了，現在要讓無桐伊織跟零崎一賊的誰會面才是對的，人識還抱有疑問——就算沒有這個原因，他也不想帶伊織來。

舞臺上。

平臺鋼琴面前。

坐滿了椅子。

身體大大地往後仰，在開始營業之前的店內，仰望著天花板照明的那個男人——零崎曲識，人識判斷不應該讓伊織與其見面。

不論如何——這個人可是零崎曲識。

因為，他是在只陶醉於隨機殺人的零崎一賊內，唯一對下手目標有特定條件的殺人鬼。

無桐伊織。

大概，符合他的條件——

「……曲識哥。」

「是人識呀。」

說完。

曲識——看著人識所在的方向。

非常有音樂家風格的，燕尾服。

帶著點波浪狀的黑髮現在長得滿長了——那攏到椅背後方頭髮，髮尾看來都快要碰到地板了。

人識，很久沒見到曲識。

說起來，他們本來就感情不太好。始終都是透過人識的兄長，零崎雙識往來的——雙識與曲識，似乎不可思議地十分要好。

人識從以前開始，就不擅長跟曲識打交道。

真的不擅長。

如果沒有發生這樣的事情，他一點都不想來找曲識——

「還不錯。」

曲識——以平淡的口吻這麼說道。

「阿願好像從很久以前就在到處找你——老實說，我本來就沒有這種打算。我想，如果你想要自由自在，那就應該自由自在。所以，我已經做好心理準備，認為已經不會再見到你。儘管如此，你卻這樣主動來找我——這真的是，還不錯。」

「……我不想聽你高談闊論無關緊要的事情，曲識哥。而且，我不是因為想來才來——」

人識就這個樣子，對著曲識當面抱怨起來。

忽然，人識的膝蓋一軟。

彷彿小腿肚遭到一踢，當場就難看地倒了下去，然後直接以不可能是正常使用肌肉的方式，上半身被迫扭轉——變成不知道是仰躺還是趴著的姿勢，被攤在店內的地板上。

「唔……好痛……」

「還是老樣子呢——真是沒禮貌呀，人識。」

曲識看也不看人識一眼，倦怠地嘆了一口氣，說道。

「順便問一下，你應該沒有忘記我的能力吧，人識——我是聲音師，可以利用聲音操控他人的心理與行動。身心操縱這件事情，可是我零崎曲識的真本領。」

「真是有夠討厭的……你這個人。」

維持著攤平在地上的姿勢，人識勉強地，面對著曲識那邊。

「剛剛不是沒有發出任何聲音嗎……不管怎麼樣，你都不可能在一瞬間就可以支配別人的身體到這種地步——」

「你好像沒變呢。」

曲識平靜地說。

「我會隨著歲月流逝而成長——不會永遠都是以前的那個我。」

「你、你說什麼？」

「超音波。」

簡短地，開口說出這個詞彙。

「這間店，裡面總是不停流動著超乎人類聽覺範圍，人類感覺不到的聲音——利用埋設在牆壁內部的喇叭做的。雖說不上是一瞬間，但人只要待上個幾分鐘，身體的指揮權就會移轉到我的手上了。」

「你、你這傢伙——」

「不要這樣瞪我。我馬上幫你解除控制。」

曲識伸出一根食指，彈起平臺鋼琴。就在發出兩、三個樂音之時——人識的身體操縱，似乎就失去了效用。

他立刻起身。

「原來如此呀。」

不知是習慣了還是放棄了，面對突然遭受攻擊一事毫無怨言，人識只是這個樣子恍然大悟地直點頭。

「我還在想像你這樣的漂泊成性的人，為什麼會經營這樣的一間店……因為這裡對你來說，是個能以銅牆鐵壁自豪的要塞吧。」

「還不錯。」

曲識對人識所說的話語，如此回應。

「雖然還不錯——不過呀，答對的程度只有一半吧。我是個音樂家，開一家自己的店是我的夢想。也就是說我在二十五歲前後，就實現了這個夢想。所以與其說是要塞，不如該說是模型山水吧。還不錯。」

「所謂的夢想，不是要在賣獎卷的地方購買的東西嗎？」

「你講的這句話還真是沒有夢想呀。」

「老大那個人呀，說夢想不是用想的，是要做出來給人看的東西——總之，雖然這間店比我預期的更像是狂熱愛好者的店，不過看起來是間好店。」

「因為店裡有供應酒精飲料，本來不是未成年的你該來的地方。」

「應該有無酒精飲料吧……工作人員還沒來呀？這應該不是你一個人全包的店吧。」

「我雇了兩個員工——因為要是你殺了他們那我可受不了，所以今天讓他們休假了。」

「哦，像你這種人雇用的人呀，反正是外行人吧。應該是專業的演奏家？」

「嗯，算是吧。」

「而且，既然你說總是充滿超音波——就表示那兩個人，事實上已經在你的控制之中了。」

「你很清楚嘛。」

「沒有啦。你跟我一樣幾乎很少跟一賊的夥伴一同行動，居然會雇用員工，本來就是不可能的事情呀——可是，也正因為是身為有條件殺人的殺人鬼，所以你才做得到吧。」

「還不錯。不過——彈鋼琴的這個工作，我不打算讓給任何人。」

「是哦，這又是為什麼？」

「因為我是個音樂家。」

這麼說著——零崎曲識緩緩地用雙手，用十根手指，開始敲擊鋼琴的鍵盤。

複雜的旋律迴盪在地面。

和絃產生回音，聽起來有些吵雜。

重複演奏同樣樂句的情況很多，聽得非常難忘，讓人識產生有種腦海中彷彿正在輪唱的感覺——然而，他也不想要對曲識提出停止演奏的要求。

音樂家最討厭演奏到一半的時候遭人打斷——

因為，兄長這麼對他說過。

就忍耐到一首曲子結束吧。

雖然這麼決定了，可是這首曲子長度很長。

大概花了十分鐘。

雖然站久了累了，人識偷偷地左右瞄了瞄，看到固定在地板上的椅子，可是也考量到萬一曲識察覺他聽得太無趣那就不妙了，結果直到最後，他都維持著同樣的姿勢在聽音樂。

不過，曲是本人十分陶醉在演奏之中，應該完全沒有注意到人識到底是坐著還是躺著的姿勢吧。

傳來最後的和絃。

「真是傑作。」

人識說，敷衍地拍了拍手。

「你那指法還真是複雜呀。儘管我不懂古典音樂的好壞，不過音樂家這份纖細確實是值得敬佩。」

「還不錯。」

曲識聽到人識的誇獎，這麼回應。

「你的掌聲也算是，還不錯——不過，跟我所期望的掌聲並不同。」

「嗯？」

「沒什麼。」

「……是哦。」

似乎不太想跟這個完全我行我素的男人零崎曲識深入交談，人識讓對話告一段落。

「請問，剛剛的曲子是誰的作品？我對古典音樂只知道貝多芬啦莫札克啦，這些有名的音樂家而已。」

「是我作的曲子。」

曲識說。

「作品No.142——『單槓』。」

「咦？哦，也就是說，你也會作曲對吧——應該是說，仔細想想，我也沒看過你演奏別人的曲子。不好意思，我剛忍不住就說你的曲子是什麼古典音樂了。」

「還不錯。古典音樂這個詞彙，對音樂家來說，不論在什麼情況下，都是個讚美之詞。」

「是嗎？古典音樂，意思不是以前的音樂嗎？說穿了，這不就像是在說你的曲子很落伍嗎？」

「不是的。古典音樂的原文Classic，本來的意思是第一流的。因為只有第一流的作品才能留名青史成為經典，所以古典音樂等同於第一流的音樂。」

「哦。」

人識笑了。

應該是想起這間店的名稱了吧。

Piano Bar・Crash Classic。

雖然就英文的用法來說根本是錯的，恐怕會變成破壞古典音樂——看起來像是這個意思的詞彙，不過對曲識而言似乎並非如此。

破壞第一流的東西。

也包括著這樣的意思在內——的樣子。

「唉，怎麼樣都行啦，不過我說你呀……頭髮，會不會太長了一點？看起來很妨礙行動。」

「你才是呢，好像剪掉頭髮了。以前碰到你的時候，我記得是綁成馬尾吧。」

「前幾天剛剪沒多久。」

一邊摸著頸後，人識一邊說道。

「應該是說——被人家割掉了。」

「哦。居然有能割掉你的頭髮的這種不得了的傢伙。我對你的實力，可是有很高的評價的——我想起來了，我跟你第一次共同戰鬥那時的事情。好像是在某個地方的遊樂園？」

「那個時候，我什麼也沒做呀。」

「在那之後已經過了五年多了呀……當時剛出生的小孩，現在已經上幼稚園了。九十歲的老人則已經死了。」

「講話不要太隨便。」

「這種事情很難說的吧」，人識這麼反駁。

原本就是殺人鬼同志之間交談的對話，也沒有什麼隨便不隨便的問題。

「……都可以啦。對了，你找我有什麼事——是不是，義手的事情？」

突然之間，曲識就進入了主題。

對話的連接方式毫無脈絡。

儘管音樂才能看來是相當出眾，不過在與人交談這一點上，曲識似乎是不太機靈。

「你說過，詳情等見面再說。」

「嗯——總之，你先看一下這個。」

人識從戰術背心的口袋，拿出了伊織託給他保管的大剪刀——「自殺志願」。

大到用「大剪刀」也不足以形容的，巨大剪刀。

以鋼與鐵鍛接兩把兩面刃的日式刀劍，一雙用螺絲固定的可動式刀劍。

人識的兄長。
零崎一賊的特攻隊長——「第二十人地獄」，零崎雙識所使用的擅長武器。
現在，是伊織繼承的凶器。
「這就是證物。」
「證物呀。」
「沒錯，證明我是確實得到大哥的許可，才來這間店找你的。不然的話，大哥怎麼可能把這把剪刀交給我呢？」
「嗯。」
曲識點頭。
「也是啦，說起來，一賊裡面，知道我在這裡開店的人，也就只有阿願跟阿贊而已——你會來這間店，就只可能是阿願介紹你來的。我明白了，我就相信你吧。」
「謝了。」
這麼說完，人識匆匆忙忙收起了大剪，重新收進口袋放好。
「所以，你想要義手是嗎？沒錯，我認識的人裡面，也不是沒有在做義肢的人……可是，你應該也有認識這樣的朋友吧。」
「唉，我有苦衷呀。你就當我的人脈現在全都不能派上用場吧。」
「嗯？」
「老實說，現在當我死了會比較好——所以我來過這裡的事情，如果你盡可能不要跟別人吹噓，那就幫了我大忙。」

「不用擔心，我本來就沒有要宣揚出去的意思。而且，既然是阿願介紹的，那麼對我來說就是莫可奈何……不過，我要先問清楚原因。就我看到的，你的雙手都還好好的——我不懂你為什麼想要義手。」

然後。

「不是我要，是我的——」

才一開口，人識就疑惑起來該怎麼說。

無桐伊織。

人識猶豫著，該怎麼描述她。

是妹妹，也是哥哥——不對。

「女朋友。」

「嗯？」

「女朋友、女朋友——就是我女朋友。」

「…………」

「其實，我最近開始玩樂團了——因此而認識了她，兩個人興趣相同還真是奇妙呢——」

「…………」

磅。

以幾乎讓人懷疑是不是蓄意要破壞鋼琴的驚人之勢，曲識的十根手指用力朝著鍵盤打下去。看起來像是胡亂地揮下手指，鋼琴發出了清晰的怒吼聲。

「還不錯。」

接著——

曲識，首度把臉轉向人識，「恭喜你了」，對人識說了句祝福的話語。

「請讓我對你說聲恭喜，人識——沒想到你居然交得到女朋友。」

「沒、沒有啦，要說女朋友，以前我也曾經交過。」

「我還以為，你一輩子都無法喜歡上任何人——阿願也十分擔心這一點。可是沒想到，竟然能聽你親口說出跟戀愛有關的話語。我也很久很久，沒有感覺到這種心臟狂跳了。」

雖然從冷淡的行為舉止實在是感覺不出來這個情況，但是，曲識露出這是肺腑之言的樣子，視線筆直地投向人識。

「還有，我都不知道你開始玩樂團了。怎麼樣，人識，音樂很棒對吧？」

「嗯、是呀——」

對於自己說過的話，曲識那過於投入的態度，讓人識稍微有些卻步。

可是，不能永遠卻步下去。

「你玩的是哪種音樂？從你剛剛說的，應該不是古典音樂吧，是輕音樂嗎？嗯，趁著年輕要玩什麼音樂都可以。你演奏哪種樂器？」

「這……這個嘛，什麼都有碰啦，各種樂器都有。」

「是嗎。全方位的音樂人嗎？真有你的風格呢。還不錯。」

「不，這也是有不好的地方呀。那個女生，因為意外而雙手受傷，無計可施之下只好截肢了。對音樂人來說，失去雙手是多麼大的打擊，你應該明白吧？」

「我當然明白……原來如此。所以你才想要義手是嗎？」

獨自表示理解的曲識。

表情十分認真。

比任何都深愛音樂的殺人鬼——零崎曲識。

「我明白了，交給我吧。我會替你女朋友準備最好的義手。」

幹得好。

聽到曲識這番話，以為得到了承諾，人識忍不住偷偷地握拳叫好。

無須多言。

人識剛剛告訴曲識的「原因」，大半都是捏造的——不，可說是連半點實話都沒有。

十之八九都跟事實不符。

從一到十全充滿了謊話。

整體來說都是很非常大的謊言。

一切，都只是為了要從這個我行我素，傻呼呼，思想偏激的音樂家口中，套齣必要的資訊的虛張聲勢罷了。一下子靠著三寸不爛之舌，編造出了似乎是對了曲識胃口的故事（女朋友啦、玩樂團啦之類的）。

倘若虛張聲勢這個說法不妥當——那麼沒錯。

應該說是戲言吧。

效果出乎意料得好，這對人識來說好像也是沒想到……

「這間店的老客人之一，就是個十分合適的人……如果是『他』，不管怎麼樣的義手，應該都可以準備出來吧。」

「店裡的老客人是嗎……這間店，果然有什麼經營者就有什麼風格，客人應該也不是規矩人吧。」

「這是你的偏見，我的客人也有規矩人。就比例來說，大概一半一半吧。今天的話嘛……因為營業時間快到了，一定是沒辦法了，不過明天就可以。明天，你再一次，在相同的時間到這裡來。我會先把『他』叫過來的。我還有兩個員工都會離席，你就自己直接跟對方談吧。」

「可以呀，就這麼辦吧。可是，其實有件事情我不好開口，就是我，手頭有點——」

「我真的沒錢了」，人識說。

心想義手的事情看樣子是解決了一半，人識接下來打算厚著臉皮要錢。曲識卻制止了他，「你不必什麼都說出來」。

「看到你的樣子，我就可以想像你過著怎麼樣的生活……真是的，我不會說要你模仿阿願，可是你也去找個贊助人支持你如何？」

「事到如今，這個有點困難呀。」

「但是用不著擔心。阿願他呀——是個不貪求金錢的人。」

「…………」

聽到這些話，人識的臉明顯地籠罩一層陰霾。

一般來說，聽到有人不愛錢那應該是值得高興的事情——然而，這個情況下，這個世界裡，並不存在如此的常識。

不想要錢。

意思就是——想要的是其他東西。

恐怕那也是，想要個不像樣的東西。

「……我順便問一下，那你呢？」

「嗯？」

「你不想要——跟我拿一點介紹費還是仲介費之類的嗎？」

「哦，也是啦……還有這個呀。但是，跟我『親戚裡面的一個男孩子』要求這種東西，應該是個幼稚的行徑吧……哎呀，對了，這麼說時機正好。」

這麼說完。

曲識從椅子上站了起來，走到放在有點遠的位置的櫃子，從抽屜拿出了一本筆記本。

然後朝著人識這邊——該說是好不容易吧——走了過來，把那本筆記本交給人識。
「這個——是我最近，創作出來的曲子。」
「嗯？」
「這就代替仲介費吧，人識。如果你可以平安順利從『他』那邊拿到義手——你就演奏這首曲子，讓我聽聽看吧。」
「啥？」
「你開始玩樂團了，這不是很剛好嗎？」
「…………唔！」
這句話——讓人識戰戰兢兢地，打開接過來的筆記本。
印有五線譜的筆記本。
音符，宛如血花一般地四濺各處。
「作曲，零崎曲識——作品No.200，『翹翹板』。」

◆　◆

第二天。
依照約定，在同樣的時間——零崎人識，來到了零崎曲識的店。拿著收下的備用鑰匙開門，擅自進入店內。直到不久之前，這麼點程度的鎖都還可以想辦法解決的，可是對現在的人識來說這是不可能的。因為某個最強，搶走他為了這種狀況事先準備好的東西。

就跟已經變長的頭髮一樣。

姑且不管人識自己怎麼想，眼前的情況看來，這畢竟不是諷刺也不是避人耳目，而是個便宜的代價吧。

總而言之。如果要說代價不高——現在的狀況，對人識而言，也不是那麼糟糕的事情。

久未見面的曲識一如預期，認識製作義肢的高手，結果被人識的甜言蜜語所欺騙，願意把那個人介紹給他認識。

這應該不是壞事。

要用曲識的風格來說的話——就是，還不錯。

為了要讓曲識介紹人因此而撒謊——對於自己只能撒謊這一點，人識應當是沒有絲毫罪惡感的吧。

實際上。

這樣子利用兄長的名字（人識非常清楚，零崎曲識對於在一賊之中總之就是被視為怪人的零崎雙識，不知道為什麼有著強烈的偏袒），如果不說梧桐伊織是樂團同伴也是女朋友的話，應該是不可能讓那個我行我素的人——說得白一點就是個乖僻者的零崎曲識，願意居中牽線介紹吧。

總之，即使如此，剩下要擔心的，就是不知道曲識介紹過來的那人是個怎麼樣的人——還有。

那收下來的樂譜也是問題。

從把開始玩樂團這個謊話當真的曲識那邊，收下來的一本筆記本——

「這是什麼？」

伊織說。

昨天晚上，回到旅館的人識，把這本樂譜冊子翻開來，梧桐伊織看了之後有了這麼個反應。

不可思議地歪著頭。

可說是極為認真的反應吧。

「有夠多的……音符的數量真多呢。」

「我問妳，妳看得懂樂譜嗎？」

人識這麼詢問伊織。

「我在曲識哥面前很順利地蒙混過去了，他沒看穿我其實只有外行人水準——可是，為了配合我說過的話，我想要先稍微了解一下這首曲子。」

「哦。」

一下子從右邊看起，一下子又從左邊看起。

然後。

「嗯，鋼琴樂譜這種小意思我是看得懂啦……」

伊織說道。

「妳看得懂嗎？」

「看得懂呀。因為我就讀過的學校，對於音樂課可是很看重的。該說是所文武兩道兼備的學校吧。」

「音樂感覺起來不屬文也不屬武的樣子。」

「是文化的文。」

「啊，這樣呀。」

「你可以，幫我翻頁一下嗎？」

「哦，好的。」

「順便，幫我按摩按摩肩膀。」

「哦，好的。」

人識繞到伊織背後，聽從吩咐開始替她按摩。

「我說，幹麼叫我做這個？」

然後這麼吐槽。

出乎意料默契十足的殺人鬼。

可是伊織大概不打算要來個無厘頭回應，無視於人識這樣的反應，仔細地看著攤開的五線譜，專注地凝視。

「……該不該說，我不喜歡呢。」

接著說道。

「作品No.200……是不是叫做『翹翹板』？」

「嗯。順便告訴你，『翹翹板』的英文叫做seesaw。那個人，總是用跟公園有關的東西替自己創作的曲子命名。」

「哦。可是作品No.200……跟公園有關的名詞，有這麼多嗎？」

「誰知道。我也不是對曲識哥所有的曲子都瞭若指掌，世界上也有很多種不同的公園嘛。這我就不清楚了。」

「這樣呀。算了，照這麼說起來，我也不知道seesaw翻成日文是『翹翹板』。確實所謂的seesaw，就是翹翹板沒錯吧。」

「順便再告訴妳一件事，seesaw當中的see是『看』的意思，saw是『看過了』的意思，如果要直譯，應該就是『一下看得到一下又看不到』這樣吧。」

「哦。一下看得到一下又看不到是嗎？這麼一說，我在學校爬樓梯的時候，後面的男生就說過這種話呢。」

「說這種話的人，一定是在偷窺妳的裙底風光啦！」

「算了，曲名不重要啦……人識，這首曲子，根本就不可能彈奏出來呀。」

「彈不出來？」

聽到這句話，人識的嘴角都扭曲了。

「唉，我知道這首曲子一定很難。由於是編號二〇〇這種整數，所以作曲會特別投注心血，結果變成複雜得莫名其妙。就算只有右手的部分，我應該也彈不出來吧。」

應該是說，本來我就無法相信，有人可以把左手跟右手分別做出不同的動作到這種地步——人識說。

能讓可以用左右雙手，自由自在使用刀子的殺人鬼人識都說出成這個樣子，便能一窺這首曲子的難易度是什麼等級。

然而。

伊織——

「不是這樣。」

這麼說。

總覺得，她想說的話似乎不僅如此。

「這種曲子——看起來，十根手指根本都不夠用。」

「…………」

「這種作曲方法完全沒有在考慮手指的活動——雖然說我呀，對於鋼琴的知識還沒有好到可以說是了不起，不過我知道人類的手指只有十根，不可能演奏出來這首曲子的。」

「咦——」

「世界上好像有連手肘都拿來用於演奏的鋼琴家，可是這首『翹翹板』就算用這種彈法，應該也彈不出來吧。例如說，你看看這裡。」

伊織（因為無法使用雙手）把臉湊近樂譜，全靠著舌頭，指出樂譜上符合她所說的地方。

「和弦是和絃沒錯……不過人類的手指，張不了這麼開的。就算勉強張得到，但如果在這裡把手張開到極限，就沒辦法連接到下一個音。而且，這附近一連串的音樂……要以上面指定的速度運作手指演奏出來，就物理層面而言是不可能的。」

「物理層面呀。」

「據說萊克特博士有六根手指（註5），除非是這樣，否則這曲子實在太困難了。不對，就算有六根手指，大概也不可能彈出來吧。就一首鋼琴曲而言——這曲子完全不能成立。」

「…………」

即使多少了解一點，但伊織並非專業的音樂家。

反過來說，連這種非專業的人都能如此斷定，應該就能表示這首樂曲作為一首樂曲是多麼地失敗。

「搞不好，曲識哥就是硬要塞給我一首失敗的作品……算了，這樣的話也好啦。反正，我本來也就沒打算要老實遵守諾言的。」

5 《沉默的羔羊》等多本小說中出現的變態殺人魔，由於多指症使他天生就有六根手指，雖然多部電影並未呈現此點。

一邊以這種態度回憶著昨晚的事情——人識一邊把手伸到背後去關上了門。或許是判斷不要上鎖比較好，也就沒重新上鎖。

「我只要能要到義手就好了——只要能蒙混到那個時候就行。本來一切就是假的。說起來，就算是普通難易度的曲子我也不會彈呀。只要能先拿到義手，我們就可以直接逃跑。」

也要顧及所謂的面子。

本來打算若是能力所及的諾言就要盡力實現，但既然知道不可能做到，就完全沒有必要拘泥於這一點。

這是人識的判斷。

「……唉，我覺得自己不知道在搞什麼——要不然的話現在早就下飛機了……不對，應該是搭船去吧……不管是飛機還是船啦，一定早就到美國了吧。」

「真是不像話」，他低聲發牢騷。

「是不是受到那個戲言王八蛋的影響了……如果是，那還真是格外的可笑。刀子基本上丟了，被紅色女人逼得答應承諾……該說是災難，還是什麼呢。唉，算了。只要能拿到義手，就算不管那個女人，大哥也不會有意見吧。又不是只有曲識哥。選擇逃跑，就算對伊織也是同樣的。」

這麼說著——已經走到了短短走廊的盡頭。

人識到了地下室。

空蕩蕩的餐廳。
五張桌子，還有各自的椅子。
舞臺上放著平臺鋼琴。
然後——那個人已經在餐廳裡了。
正坐在某個位置上。
「………」
「被人給搶先一步了呀」，人識以對方聽不見的聲音自言自語——可能的話，他應該是想比對方先到這裡來吧。在所謂的「主導權」這層意義上，對方毫無疑問占了優勢。
他也是——從曲識那邊先拿到了備份鑰匙吧。
不論如何，入口的門沒鎖上的舉動，已經變成沒有意義了。
「你好。」
開口說話。
總之，人識——打了招呼。
對眼前的這個人。
對這個即使處在昏暗的店內，依舊清楚呈現出了存在感的人——打招呼。
對方一身與鋼琴酒吧有些不搭調的打扮，穿著和服。褲裙配上布襪，甚至還穿了草鞋。只不過——他戴著看起來與這身和服不相稱的黑色手套，而且腳邊放著兩個鐵製的巨型行李箱。
頭髮剪得短短的，高個子的壯年男子。
人識已從曲識那邊聽說過這人的大名。
他叫——罪口積雪。
然後只要聽到了這個名字，也就能清楚知道這人的職業了。
罪口。
「咒之名」名列第二的「罪口」。
罪口商會。
簡而言之就是武器工匠的集團。
「你是——罪口先生吧？」
慎重起見，人識提出確認。
「是的。」
接著，那個穿和服的男人——積雪點頭。
「我是罪口商會第四地區總籌——罪口積雪。哎，你不用講自己的名字也沒關係喔，小哥——我這個職業，特性就是盡量不去得知顧客的個人資訊。」
「…………」
「單單就你是曲識老弟介紹的這一點，我就沒有辦法了——嗯，如果你討厭『小哥』這個稱呼，那想想其他類型的稱呼怎麼樣？」

「無所謂——名字這種東西一點都不重要，我也非常同意這一點。」

「這真是好極了。」

開心地微笑著，積雪點頭。

然而人識即使是看到這樣的笑容，心情也完全平靜不下來。

這也不是沒有道理的。

人識所屬的零崎一賊，在「殺之名」中名列第三，不過就惹人厭惡的程度則是超群的第一名。可是，不是「殺之名」而是「咒之名」——在不屬於戰鬥集團的非戰鬥集團中排名第二，『罪口』惹人厭惡的特質則是不一樣的。

確實零崎曲識身為「聲音師」的能力，比起「殺之名」更接近於「咒之名」——儘管如此。

「我沒想到那個叫做少女趣味的曲識哥，居然真的會跟那個世界的人有所往來——雖然聽說過，但到剛才為止我都是半信半疑的。」

說著，人識朝著積雪坐著的位置走過去，然後一邊翹腳，一邊坐下。

「呃，那麼，罪口先生——幸好你看來也是討厭談生意之前先閒聊的人，我們就快點進入主題吧。我要的東西，你帶來了嗎？」

「嗯。」

積雪維持著微笑，看著人識。

看著人識的——雙手。

「你要的東西是——女用義手一雙對吧。我已經聽曲識老弟說過身高、體重、年齡等資訊了。可是，我不懂呢。」

「啥？」

「你怎麼看都是個男性，而且雙手不是還好端端的嗎？」

「哦……曲識哥講話實在是沒講完整呢。需要義手的人是我的——」

又猶豫起話要怎麼說。

應該只能說謊說到底了吧。

要是伊織知道他撒這種謊，不知道會跟他說什麼。

「——女朋友。」

「真好，我好羨慕你。一想到我可以幫助你們的戀情，就算老大不小了，我還是感到雀躍無比。」

「……罪口先生真會說話。」

「請你不要這麼反感。這也是工作上的確認程序。那麼，我有話必須先說在前頭，小哥，就算要使用義手的人是你的女朋友——但是既然跟我面對面接洽的人是你，那麼我的顧客自然就是你了。」

「嗯，應該是這樣吧。」

「那麼理所當然的——要付出代價給我的不是你女朋友，而是你本人。這一點，你不介意吧？」

積雪仍舊一臉笑容地這麼說道。

代價。

不是費用，而是——代價。

雖然聽起來是個讓人毛骨悚然的詞彙，不過，人識在聽曲識說明的階段，還有聽到罪口這個姓氏的瞬間，就已經做好了十足的心理準備了。

「我不介意。」

「是這樣嗎。那麼——」

接著。

積雪晚了些才坐到椅子上去，然後把放在腳邊的行李箱當中的其中一個，拿了起來——放到桌上。

然後打開蓋子。

果然不出所料，包覆在軟墊子內，兩隻黑色的義手——就放在行李箱裡。

那不是模仿人類的手的東西。

不是企圖重現肌膚之類的製造品。

沒有掩飾的鋼製構造直接曝露在外。

然而——是一雙精巧得讓人吃驚。

而且型態美麗的——黑色的手。

「真不愧是，製造武器的高手——」

彷彿是驚訝得倒吸一口氣，人識坦率地發出感嘆之語。

「——普通的義肢師，根本就沒得比。就算是我認識的義肢師，在沒有看到裝設者的前提下，不知道還能否做出這麼合用的義手來——」

不對。

把只花一天就製作完成這一點也考慮進去的話——能夠要求這個水準的對象，很明顯地，除了「罪口」之外再無人選。

總之，目的在於「取回失去的身體」的義肢，這個鋼製義手，應當就是處於相反的極端的思想之成果。

「——這的的確確，是個優秀的傑作。」

「你的誇獎是我無上的光榮。」

雖是道謝卻不謙遜。

可說這就是一流工匠的證明。

「行李箱的內袋放有使用說明書——還有，既然你說你認識義肢師，那麼我可能是在班門弄斧，不過，我還是大致先跟你簡單說明一下吧。為了讓這個義手的五指全部可以隨心所欲動作，不可缺少的工作就是跟使用者的神經與肌肉正確連結。這部分的術式，既然你是零崎一族那個曲識老弟的朋友，應該不必專程找醫生來，自己不是沒有辦法動手完成吧。」

「嗯，我很聰明的。」

人識點頭。

「而且，我看過全部的黑傑克。」

「那麼就那樣辦吧。」

「……不過，仔細一看，這雙義手，會不會有點太長了？」

「這個大小是維持機能的前提下所能達到的極限了。如果，義手真的太長，那砍掉原本的手臂稍微調整一下就好了吧。」

乾脆地說著恐怖話語的積雪。

這種思想就是「咒之名」一流的價值觀。

不對——

這種小意思，「殺之名」大概也講得出口。

不論是哪個方法，為了連接神經與肌肉，都必須再度把已經癒合的傷口切開。既然如此，為了創造新的傷口而揮下刀劍，應當是正確的選擇之一吧。

所以。

「咒之名」之所以被稱為「咒之名」的原因所在——就是，代價。

「就像你知道的，既然這必須與神經系統連結，所以這不是可以自由裝卸的義手——防水跟其他處理我已經做到都過頭了，所以除非是用到產生金屬疲勞，不能再當雙手使用，否則就不可能拆卸。不，也不是沒辦法做到，只不過每次應當都會嘗到地獄般的痛苦滋味吧。」

「外表看起來很重的樣子……重量大概多少？」

「比人類的手還輕上許多呢，加起來還不到兩公斤。因為這是用特別鍛鍊的鋼材製作的手──還有除此之外，這也比人類的手牢固許多。能夠直接拿來當武器使用。」

「應該是說，這個，本來就是武器吧。因為你是個武器工匠。」

「是呀，你說的對。不過，你很有可能會覺得這樣子還是不夠好──想要追加其他功能的話，不管想要多少都可以辦到，你提出的指示是什麼都行。」

「那個時候，也必須付出追加功能的代價吧？」

「當然要。」

「那麼──你要的代價是什麼？」

人識詢問了這個最不想問，卻是最不得不問的問題。

罪口積雪露出別有深意的微笑。

「我這個人呀。」

他說。

「不管是好是壞，只對製作武器有興趣而已──顧客的個人資料之類的，與其說是基於職業特性不用知道，不如說實際的情況而言，不過就只是我沒有興趣知道罷了。」

「…………」

身為「罪口」。

這應該沒有──絲毫的特殊之處吧。

以並非是要表白自己異常惡習的那麼嚴重的態度，積雪淡淡地繼續說道：

「金錢這種東西，對武器開發是必要的，如果能拿到的話那我拿也無妨——不過如果是一般客人，我反而想要的是他們擁有的比金錢更有價值的東西。」

「不要裝模作樣了。你到底想要什麼？」

「例如說，你的身體。」

「……………」

看到露出結凍般的表情的人識，積雪露出苦笑。

「請你不要誤會——」然後彷彿是要掩飾一般，這麼說道。「我並不是想要你的貞操，我不是對孌童有興趣的人。這一點，跟曲識老弟還真是興趣不合呢——明明我們對音樂的喜好是那麼契合的。我呀——可是他的音樂的忠實樂迷喔。居然能夠把只對製作武器有興趣的我，迷成這個樣子，他幹得可真是好。」

「你跟曲識哥之間的關係我沒有興趣知道。最重要的是，你到底是什麼意思？什麼叫做想要我的身體？」

「呵呵。」

積雪說。

首先關起桌上的行李箱，接著，把放在腳邊的另一個行李箱拿上來，再把原本的行李箱放下去。

然後打開。

裡面的東西——人識看到了。

「……這是什麼？」

「一如你眼睛看到的——這是黑傑克喔。」

積雪回答人識的疑問。

「不過跟你看過全部的那個黑傑克不一樣就是了。」

一點也沒錯。

行李箱裡面裝著的是個皮囊。

有著黯淡的膚色，大大的皮囊。

把手部分宛如是刀劍的握把。

如果要說這是武器，當然，這也是武器。

話雖如此，看來這是個單手使用的話會有點超出負擔的武器。

「通常，當作武器使用的黑傑克，指的是裡面裝滿鉛塊或砂粒的皮囊——這種能夠不給予身體外在損傷，而是給予內在損傷的效果，要說的話，就是這種武器擁有的特徵。」

「嗯……這我知道。」

人識慎重地點頭。

「可是……你身為罪口商會的人，製作出來的武器，應該不會只有這種效果吧？」

「小哥，你的洞察力真好。我作為一個武器工匠，最近的中心思想就是——如何可以同時不給予肉體疼痛，卻又給予精神痛苦。」

表情平靜地，積雪說道。

「用不著多說，疼痛跟痛苦是不同的東西。換句話說，這是為了不傷害肉體而打擊精神的武器……應該就是這樣吧？能夠只在體內留下衝擊的武器。嗯，說實話，最近我接了很多主要在做拷問活動的墓森一族們所委託的工作。所以，理所當然的，我身為武器工匠的製作方向，也會朝著那邊調整。」

「也就是說，這是拷問用的——器具嗎？」

「嗯。當然，普通的黑傑克不適合用來拷問——硬要說的話，那就是個便於攜帶，可以當暗器的凶器罷了。而且由於會在身體內部留下傷害，意外死亡率也高，不能說是一種拷問器具。」

「你製造出來的這一個——體積滿大的，看起來不像是攜帶用的。」

「是呀，這必須要雙手使用才可以。這個呀——不是用動物皮，而是用人皮做的喔。」

「！」

這句話的口吻聽起來就像是在說明料理的材料，人識聽了一時間說不出話來——然而面對著這樣的人識，積雪彷彿是還要繼續誇口，不好意思地繼續說著。

「用了好幾層人皮重疊在一起，軟化了好幾次——呢。還有，裡面裝的不是鉛塊也不是砂粒，而是人血。雖然我盡可能把味道給消掉，不過靠近一聞應該還是聞得到吧？總之，硬要說的話，這就像是個用人類當材料做出來的黑傑克吧。」
「……你為什麼，要做這種東西？」
「因為我想要製造一個**材料盡可能接近人類**的黑傑克。也就是，人型黑傑克。就如何液體與液體，氣體與氣體混合在一起一樣，這個東西理論上，可以再毆打對方的時候，藉著衝擊最小的肉體疼痛，只給予對方精神痛苦——應該是做得到的。」
積雪看了行李箱的內容物一眼。
「很可惜的是，現在還是嘗試錯誤的階段。」
這麼接著說。
「到這個階段我想要實驗看看。」
「…………」
「雖然我對個人資料沒有興趣——不過你應該是個戰鬥者吧？小哥。」
「……也就是說。」
到這裡人識應當會想起的是——不得不聯想到的是，以前曾經是朋友的某個殺手，匂宮出夢吧。
匂宮出夢。
殺戮奇術集團匂宮雜技團，團員No.18。
第十三期實驗的功罪之仔。
過度暴虐的——過度殘忍的，那個存在。

他儘管是個殺手，但彷彿失去了殺手的目的，總而言之就是要頂撞人識。

一開始人識還莫名其妙。

然而，現在的人識，已經明白原因何在。

因為這就是屬於他的——業障。

匂宮出夢殺戮中毒了。

如果不繼續戰鬥就會活不下去。

因為要是不殺來殺去，出夢就會活不下去。

所以——才會選擇人識，當成遊玩的對象。

站在被選上的人識的立場來說，這並非忍受得了的事情，可是，能夠奉陪出夢到那種地步的人，大概就只有人識了吧。

那樣的人類——就是存在。

還有——眼前的男人。

罪口積雪也是——千真萬確地，是屬於**那一邊**的人類吧。

「你的意思是說——你想要測試武器的性能嗎？」

「你領悟得真快，幫了我大忙呢。」

「我可以跟你在這裡直接開打嗎？還是說，要換個地方？」

雖然，姑且是這麼問了——但應當是沒必要換地方。

積雪已經展示出了武器。

也展示出了商品。

也呈現出，必須付出的代價之理由了。

所以。

人識——維持著赤裸上半身穿著戰術背心的這種打扮。雖然戰術背心的口袋數量很多，但是，當中沒有一個，裡面放有刀子。

「…………」

因為——刀子大致上都失去了。

而且，伊織交給他保管的「自殺志願」，在昨天晚上，已經還給伊織了。

那不是自己應該拿著的東西。

那是無桐伊織的東西。

這是零崎人識的看法。

於是。

現在的人識——未免手無寸鐵過了頭。

「……算了。總是會有辦法吧。」

這麼說完之後。

曲識緩緩地，站了起來。

「好吧，沒關係——這樣一來就好談了。我不知道你是要測試武器性能還是要做什麼，但是你想幹麼我都奉陪。為了要拿到你帶來的——那雙義手，所以我不能讓你死掉對吧。我會在不殺人不肢解不排列不收集不曝曬的前提下解決這件事情的。」

「咦——等等等等，請你不要誤會。」

然而。

似乎是因為人識的態度而感到些許焦慮，積雪揮舞著雙手。

「我並不是要進行什麼你說的戰鬥呀。」

「啥？」

「你果然是跟身為『殺之名』的曲識老弟有關係的人呢，思考方式真粗暴——完全沒有必要戰鬥。你為什麼會產生那樣子的想法呀——我從頭到尾，都只是想要測試這個武器的性能而已。」

罪口積雪。

身為非戰鬥集團「罪口」的他，好像非常傷腦筋。

不過，還是笑咪咪地微笑著——這麼說道：

「小哥，你只要單方面完全沒有反抗，讓我用這個人型黑傑克毆打你，持續用你的身體承受這個情況——這樣子就可以了。」

◆　◆

在那之後過了正好三個小時。

零崎人識赤裸著上半身，身體呈現大字形，倒在鋼琴酒吧Crash Classic的地板上。

連續兩天，都用全身去品嘗到這間店的地板是什麼滋味。

武器工匠・罪口積雪的身影已經消失了。

三小時。

積雪真的沒有間斷地連續毆打著人識的身體——最後人識終於口吐鮮血的時候，那個拷問器具，人型黑傑克的性能測試就結束了。

一絲不苟地，在懷裡拿出來的筆記本上面寫著字。

「嗯……看樣子，到底是來自生物的材料，成不了能承受重複使用的武器呀。還有，即使想盡辦法似乎也不能避免多少會有內出血……就理想而言，我希望能讓身體外在跟內在，全部都可以連一滴血都不會出現——才打了三小時左右就讓人吐血，當拷問器具實在是不完全。至少還沒有達到能夠讓墓森的人們滿意的水準。算了，可是……只要一說這個武器是用對手的家人或朋友當作材料製作出來之類的補充說明，那麼應當會直接帶給對手更強烈的精神傷害吧。還有，即使是這樣不停毆打，也不會造成對方休克死亡，這一點是很好的優點。嗯，以試製階段的產品來說，已經算是非常合格了吧。」

這麼有如確認情況般地低聲說道。

他說只對武器製作有興趣的話語，應當是符合實際的情況吧。看都沒看倒在地上，同時也是他顧客的人識一眼，當然也沒有說聲道謝，甚至連個道別都沒有，就把備份鑰匙放在桌上，離開了酒吧。

「……真是傑作。」

應該是昏暗的天花板燈光，看起來卻非常刺眼——人識，伴隨著苦笑喃喃自語。

「他的合格是幾分呀……真讓人難以置信。沒有哪個拷問器具，可以比剛剛那個更完美的了……」

包括臉部在內的上半身，完全都變成了紫色。甚至讓人識個人特徵的刺青都變得模糊起來。

豈止多少內出血的問題。

即使如此也沒有骨折。

除了韌帶之外都平安無事。

內臟——雖然吐血了，不過似乎沒有傷得那麼嚴重。

還有。

「還有最重要的是，可以不讓人失去意識這一點，真的是傑作……所謂疼痛與痛苦不一樣，就是這個意思嗎……當然不會打死人，可是也沒讓人休克死亡，真的是太厲害了。那傢伙，可不是在開玩笑……」

只要心想要起身應該就能夠起得來吧。

至少就肉體層面而言這是可能的。

然而，精神層面這似乎是辦不到的——人識維持著躺在地上的姿勢，只有轉動脖子。

桌子上面。

只留下了一個，行李箱。積雪已經把人型黑傑克帶回去了嗎——看樣子他遵守了承諾，留下義手放在桌上。

武器工匠——罪口積雪。

「……呼。」

總而言之。

這樣一來就達到目的——了。

就在人識感覺沒那麼有成就感地這麼說完的時候，他的耳朵聽到了聲音。

來自舞臺的方向。

這次把頭轉向那邊。

「——還不錯。」

聽到了這句話。

不知不覺間，零崎曲識，已經坐在平臺鋼琴前——彈奏著鍵盤了。傳來與上次截然不同，緩緩的、溫柔又穩重的旋律。

「作曲，零崎曲識——作品No.74，『缸管』。」

「…………」

「這首曲子含有鎮靜效果——應該非常適合現在的你吧。還不錯。」

明明就外表看來，人識悽慘到了極點，但曲識似乎沒有特別放在心上——他以跟平常一樣的口吻，這麼說道。

雖然人識並沒有跟曲識那麼親近。

可是，就連雙識都說過，他幾乎不曾，搞不好是完全不曾，看過這個男人感情波動起伏的樣子。

那麼人識只不過是碰到這麼點程度的局面——曲識的內心大概也不會動搖吧。

曲識的態度，就是讓人會這麼想。

然而。

「……我很吃驚，人識。」

曲識說。

儘管看起來實在不像——但他這麼說。

「因為是你這個人，所以我還以為在途中你就會發出聲音了——不對，如果是以前的你，應該從一開始，就根本不會答應積雪先生那樣子的要求吧。義手都已經擺在眼前了，把人殺掉東西搶過來，你的做法該是這樣才對。」

「…………」

「我想要收回昨天我說過的話。你變了，人識。」

「……不要說得好像很懂的樣子。」

人識不太舒服地低聲說道。

「對了，曲識哥……你有沒有利用這間店裡面總是在流動的超音波什麼的，來強化我的身體，減輕那傢伙的打擊力道嗎？」

「沒有。」

曲識優雅地邊彈著鋼琴邊回答。

「我絲毫沒有做這種事情。」

「不是事先安排好的呀……」

「不過，我是有打算一旦你想要對積雪先生動手，就調整超音波制止你。」

「什麼嘛，你在旁邊偷看喔？……我說曲識哥，你好像把『咒之名』的人看得比一賊的人還要重。」

「除了阿願之外，你沒把一賊其他的人當成家人吧？」

「……沒錯。算了，責備你也不合理啦。可是，你也用不著偏介紹那種超S的傢伙給我吧。」

「這是最棒的義手。」

曲識完全不在乎地這麼說。

然後，他接著說了句「儘管如此」，把對話拉回主題。

「自尊那麼高的你，竟然會答應承受那種對待，而且還徹底做到了，這一點我真的很驚訝。看樣子——你非常寶貝你的女朋友呢。」

其實不是。

不是女朋友。

其實是妹妹——無桐伊織。

零崎雙識，託付給人識的少女。

「老實說，我是因為這次是你來拜託的，所以我不知道是什麼原因，還以為你說不定只是個花花公子。雖然你說你交了女朋友，我聽了很替你高興——所以我也有要考驗你的意思，才介紹積雪先生給你認識。」

「你真會裝呆……結果自私得出人意料呀，不是嗎？」

「我本來就是個自私的男人。」

「不，我覺得不是這樣。」

躺在地上的人識斷言道。

面對這樣的人識，曲識一如往例。

「還不錯。」

這麼說道。

「但是，安排這一切的我要說這話也有點不好意思，不過一般來說就算是為了心愛的人，應該也忍受不了那麼嚴重的拷問吧——我也沒想到，積雪先生竟然會下手狠成這樣。要是我呀，兩秒內就大聲慘叫了。」

「拜託你忍久一點啦！」

「你應該知道別人都叫我『脫逃的曲識』吧——可是，你可以告訴我嗎？人識，為什麼你可以做到這種地步？就連對你付出那麼多感情的阿願，以前你都不停地到處躲他，為什麼現在可以為了某個人這麼犧牲？」

「…………」

「是什麼讓你——能夠如此犧牲。你現在究竟——在做什麼？」

這種事情。

聽了零崎曲識的問題——零崎人識沉默了一會兒之後。

「……因為，那傢伙不會哭。」

彷彿自言自語一般，這麼回答。

「在我面前當然不會哭——也不會一個人躲起來偷偷哭。」

「……？你在說什麼？」

「就是，我女朋友的事情——她明明年紀輕輕就失去雙手，卻一點也沒有難過的樣子。」

「哦。」

似乎是頗感興趣，曲識斜眼看了一下人識。

「還真是一個——剛強的女孩呢。」

「她不可能是這種人。」

人識否定了曲識所言。

「雖然我還沒講過——不過那傢伙直到不久之前，都還是跟我們的世界沒有關係，是個極為普通的一般人。只是個普通的高中女生而已。結果——她忽然之間失去了雙手，不可能不痛苦的。」

「…………」

「她要才認識沒有多久的我，照顧她洗澡啦上廁所啦這些日常生活。這些事情，我也討厭這樣，不過她應該更受不了吧。儘管如此，她卻沒讓我看到過一滴眼淚——又開朗又囉唆，明明自己一個人還可以吵得要命，我完全無計可施。聽我說，曲識哥，我呀……」

凝視著天花板，人識繼續說道：

「我受不了，這個樣子。」

「……人識。」

「明明也沒有什麼根據，她卻還是那麼努力。看到她那個樣子，就讓我很想要惹她沮喪難過。我想看那女人哭泣想看得不得了。」

「所以」。

人識——再次，看了一眼放在桌上的行李箱。

「因為這個緣故，這雙義手是不可或缺的。一想到這一點——我的尊嚴什麼的，就變得毫無價值了。」

「……還不錯。」

鏘。

正巧在不早不晚的時間點上結束了演奏——曲識說。

「實在是——還不錯。我希望你也能讓阿願聽聽這些話。」

「我拒絕。不論在那傢伙面前發生了什麼事，我也不會說這種話。就算是那個傢伙快要死了也一樣。」

「你呀，真的變了呢。我還以為像你這樣的人是一輩子都不會改變的——不過經過了旅行，經過人與人的邂逅之後，即使是像你這樣的男人，終究還是會改變的嗎。」

「我沒有變呀，只是周圍的環境變了。」

這麼回應之後。

「啊，對了，」人識又補上一句。

「你交給我的那份樂譜——那麼難，我彈不出來啦。應該是說，連你自己都彈不出來吧？」

「嗯，我是彈不出來。那是寫得太忘我，不由得就寫出來的曲子。」

「喂。」

「可是，雖然我彈不出來，但你可以。」

態度從容地，曲識如此斷定。

「人識，你知道鋼琴的正式名稱嗎？」

「嗯？我不知道。鋼琴不就是鋼琴嗎？」

「不是的。其實它叫做pianoforte。在音樂術語上，piano的意思是『弱』，forte的意思是『強』。也就是說，不管強音弱音都可以自由發出的樂器——才有了這個名字。」

「哦。」

「同時具備強與弱——也許這一點還滿像人類的。正因為如此，聲音才能夠支配人的意識。在『意識』這個漢字詞彙中，不就包括了兩個『音』嗎？我認為，這就是這個意思的表現。」

「這個意見真有你身為聲音師的個人風格。」

人識彷彿是在揶揄地說。

「但是，我們不是人類——我們是魔鬼。我們是殺人鬼。」

「還不錯。對了，雖說你不知道鋼琴的事情，不過人識，你知道翹翹板的名字怎麼來的嗎？」

「這我知道。應該是來自『一下看得到一下又看不到』吧？」

「沒錯。不過要做到『一下看得到一下又看不到』，發出翹翹板的碰撞聲，必須要有兩個人才可以。」

「啥？發出碰撞聲？」

「在公園的遊樂器材中——就只有翹翹板，是不能夠一個人玩樂的器材。總之，關於那首曲子，我也沒說要你馬上就彈給我聽。我沒有打算要這麼惡劣地跟你徵收仲介費。等到你彈得出來那首曲子的時候，再彈給我聽就可以了。」

「…………」

「真不講理」，人識低聲抱怨。

大概是因為，本來就沒有遵守承諾的打算，人識以一副無所謂的態度，對曲識所說的話充耳不聞。

面對如此的人識——

「你果然還是變了。」曲識說。

似乎對這過度的嘮叨感到訝異，人識笑了。

「你還是一點都沒變——呢。」

這麼，回應道。

◆　◆

「哇！人識的身體全部變成紫色了！好像美國漫畫！好可怕！」

「…………」

回到旅館。

房門一開，就聽到伊織這麼句話，人識也沒回應，直接走床邊倒下去。

也沒脫鞋，趴在床上。

在接受積雪測試性能的時候，已經先脫掉了，所以後來想把戰術背心再穿回去而要人幫忙穿，但由於整個上半身都在內出血，可說根本是超敏感肌膚，實在是無法穿上任何衣物，結果人識只能赤裸著上半身回來。

這樣的人識，理所當然，回來的路上，接受到飯店服務人員投以從未經歷過的那種視線，可是好不容易回到了房間之後，伊織的反應才是最殘酷的。

大概是察覺到了這一點，用腳把人識像是隨手亂丟擱在房門附近的行李箱推到旁邊之後，伊織走到了床邊。

「呃，那個，我、我是不是應該，跟你道歉？」

她說。

「我沒有說，我害怕美國漫畫的皮膚顏色喔？紫色皮膚也有獨特的趣味啦。可是，一想到這在活生生的人類身上重現居然會變成這樣……」
「妳弄錯安慰的對象了。」
「那個行李箱，是什麼東西？」
「義手。」
人識把臉埋在枕頭裡面直接說道。
「我在附近撿到的。送妳。」
「……哦。」
似乎不知道該對疲勞至極的人識有何反應才好，伊織露出不知所措的表情。
「嗯，好吧……你要給我的話，我就收下了。謝謝。」
「真是的……我差點就要哭了。」
「你說什麼？」
「沒什麼。」
說完，人識緩緩呼吸著。
「啊啊……這麼一說，我忘記要跟曲識哥拿錢了……怎麼搞的呀……我已經，不想再靠近那間店了……啊啊，萬一緊急時刻要用錢的話，可該怎麼辦呀……」
「人識，你聽我說。」
「我要睡了，別跟我說話。」
「哦。這樣的話，在你睡著之前我只跟你說一件事情就好。」

伊織對這樣的人識說道。

「我已經解開那份樂譜的謎題了。」

「謎題？裡面有謎題呀？」

「嗯，謎題召喚出了答案。」

「這很正常吧。」

「那份樂譜呀。」

伊織看了一眼攤開在飯店內的玻璃桌上的那本筆記本，然後說：

「人識不在的這段時間，我因為很閒，所以一直在看那本筆記本，用嘴巴邊翻邊看。」

「用嘴巴翻……拜託妳用嘴巴咬隻筆什麼的來翻啦。」

「啊，原來有這種方法可以用呀。」

「妳真是個笨蛋。」

「算了啦，這不重要。然後，就在我一直看的時候，我發現了。」

沒有深刻反省的樣子，伊織繼續說。

「那個，是一首**連彈用的曲子**喔。」

「……連彈？」

「也就是說，不是一個人獨奏，而是兩個人一起彈奏的曲子。音符的數量多成這樣，也是這個緣故。十根手指不夠用是理所當然的——因為這首曲子需要二十根手指。」

需要二十根手指。

需要——兩個人。

為了發出——翹翹板的聲音。

「把兩個人一起彈奏的曲……不見得就要寫成兩份，還可以整合寫在同一份樂譜裡面……是這樣嗎？」

「應該，就是這樣吧。我仔細一看，音符好像是用同一種顏色，但是粗細不同的筆寫上去的。雖然差別大概就只有筆芯〇點三公厘與〇點三公厘這麼小而已。可是，只要稍微花一點時間，應該就可以從這份樂譜，寫出各自不同的兩份樂譜出來。」

「…………」

「嗯，音符彼此靠得這麼近，感覺起來彈的人也可以依偎著一起彈奏呢。」

「……啊哈哈。」

人識不由得爆笑出來。

這是。

這就是曲識——說他彈不出來，人識才彈得出來——那句話的意思嗎？

不知道玩樂團云云，曲識到底囫圇吞棗到什麼地步。

零崎曲識只有一個人。

零崎人識與無桐伊織，則是兩個人——原因在此。

「那傢伙，真是愛耍小聰明——該不會他真的是個自私的人吧？什麼仲介費啦。這種東西，不就是個單純的祝賀前途順利的賀禮嗎……」

「你說什麼？」

「伊織。」

人識邊忍笑，邊說。

「妳要不要，跟我一起去美國？」

「咦，什麼？」

「我打算等幫妳裝好義手後，就直接消聲匿跡——趁著興頭上。應該是說已經騎虎難下了，我會告訴妳，在這個世界活下去的方法。」

「……人識。」

「總之，妳就考慮一個晚上吧。我現在——總而言之。」

「要先睡了」，這麼說。

人識直接閉上了雙眼。

然後不管伊織怎麼跟他說話，他都沒有任何反應——伊織無可奈何地聳聳肩，接著「呵呵」笑了笑。

「男生真的好難懂呢——」

這麼，似乎覺得挺有意思地，低聲說道。

「好——可愛♪」

只要看到這個表情——就知道就不著考慮一晚，無桐伊織的心中，似乎已經有了要如何回應人識邀約的答案了。只不過在這種情況下，零崎人識能夠看到無桐伊織的眼淚——應當會是很久以後的事情了。

◆　◆

零崎人識與零崎曲識。

某種意義上而言十分相似的兩個殺人鬼，久別重逢的這場會面——只不過是是距離零崎一賊遭到橙色暴力之手滅門的那一天，早兩個月的事情而已。

（第三樂章——終）

零崎曲識的人間人間

4

最後終極的生平願望

◆　　◆

一如從至今為止的三個故事領會出來的，零崎曲識這個男人，在世界上就是個被放在完全配角位置的人。

例如說五年前。

遊樂園，行囊樂園的那場騷動之中，他在「小小的戰爭」的一個場景裡，被賦予的是支援協助零崎雙識的角色。

例如說十年前。

超高級飯店，皇家王權飯店的那場騷動之中，他在「大戰爭」的一個場景裡，被賦予的是擔任狐狸與老鷹之戰的背景角色。

例如說兩個月前。

他所經營的鋼琴酒吧，Crash Classic 的那場騷動之中，他在殺人鬼雙人組的潛逃中的一個場景裡，被賦予的是安排零崎人識與罪口積雪戰鬥的牽線角色。

即使身處在事件中心。

也絕對不會肩負事件的軸心。

這就是零崎曲識的人生。

這並不是因為他想要才選擇的——也許可以說這種生存方式是利用聲音支配他人，他身為一個聲音師的能力所必然帶來的副產品，但是甚至連這種能力，都不是他想要才選擇擁有的。
「脫逃的曲識」。
「素食主義者」。
「少女趣味」。
身為道地的殺人鬼，卻遭人冠上各種不名譽的稱號的男人，零崎曲識。
可以說他十分敬佩擁有人稱「自殺志願」、「第二十人地獄」、「劊子手」等等，名聲響亮的別名的零崎雙識這件事情，以他這種情況來思考，也是不無道理的。
世界的配角。
然而，即使是如此的一個男人——即使是個遠離世俗，只能以厭世者的身分活下去的這麼一個男人，在漫長的人生之中，至少有一次能夠不擔任非配角而是主角的局面到來了。
不。
是他非擔任主角不可的局面——到來了。
這一點，無關當事人願意或不願意。
零崎曲識非常冷酷，幾乎沒有任何表情，周圍的所有人包括零崎一賊在內——這個意思是除了零崎雙識——都認為他是個缺少感情與感受力，宛如精密機械的男人，不過，實際上並非如此。
確實他是那種不會把感情顯露出來的男人。

是個感受力貧乏的男人。

但是，希望別人好好想想，完全沒有感情與感受力的男人，為什麼有能力成為音樂家呢。

為什麼有能力成為藝術家呢。

就算是他，也是有好惡之情，也是有愛恨的。

也有想要的東西與想實現的心願。

所以——無關願意或不願意。

即使是發生在將死之際——以所謂的「最後發光發熱的機會」這種形式，到訪的局面。

如果是將死之際——

為了要實現他，唯一的心願。

沒錯，例如說那個局面是從這樣的對話開始的。

「啊——是狐狸呀。怎麼了？你會到這裡來還真難得——」

「『怎麼了？你會到這裡來還真難得』。呵。我想去哪裡隨我高興——我的行動向來隨心所欲。就只是，這樣而已。」

「也是。」

「那麼？怎麼了——**那個**完成的情況如何？」

「現在應該是正好達到八成了吧——時刻的老爺不愧是那個『時宮時刻』，幹得真是漂亮，不過奇野那邊的小鬼感覺有點束手無策的樣子呢。」

「『奇野那邊的小鬼感覺有點束手無策的樣子呢』。呵。賴知雖是個擁有非常優秀的技術的男人——不過畢竟還是年輕，吧。可是，總之，以十三階梯來說，這麼樣的情況還比較好——要讓我來說的話，你跟時刻才是異常的。」

「先不管時刻的老爺，我就是我。現在還沒有拿一個，足以值得如此評價的成果出來。」

「『足以值得如此評價的成果出來』。呵。你還真謙虛——但是我是個討厭過度謙虛的男人。既然如此，那無憑無據的傲慢還好得多——現在時機正好，我想差不多該讓那個來做看看試驗動作了。」

「咦……我應該有說過，現在還只有八成吧？」

「這就夠了。不，反而該說非得是這樣才可以——因為對手是著名的殺人鬼集團嘛。**如果太過能夠操縱的話**，那自己反而很有可能會被絆倒——」

「…………」

「右下露蕾蘿。『十三階梯』的第七階——右下露蕾蘿。我把事情全權委託你——你就行使橙色種子，把絕世的殺人鬼集團，零崎一賊，給殲滅吧。」

◆　◆

某道某市的鬧區。

從某個時期開始就出現的參差不齊的高樓大廈的一個角落，開設在地下二樓的鋼琴酒吧——Crash Classic。

這是零崎曲識開的店。

營業時間是下午五點到早上五點的十二個小時。

然後現在的時間是早上六點。

今天的生意結束了，店裡也收拾完畢，雇用的兩個店員，已經在回家的路上——現在，留在店裡的就只有店主人零崎曲識獨自一人。

他正坐在舞臺上的鋼琴面前。

但是，眼睛凝視著的不是鍵盤——

而是放在鍵盤上的一個小小木盒。

「……還不錯。」

曲識——低聲說道。

在空無一人的店內，平靜地呢喃。

從他的表情無法看出他的感情——能夠讀取他那纖細的，甚至可說是細微的表情變化的人，至今為止，在他大約四分之一世紀的人生當中，僅僅只有兩個人而已。

一個是零崎雙識。

還有另一個是——

「——所以，還不錯。」

伸出手。

曲識，打開了那個小盒子的蓋子——接著，盒子裡流出了聲音。

看樣子，這個小小盒子，似乎是個音樂盒。

但是，流出來的聲音並非音樂。

而是話語。

那是——他非常熟識的男人所說的話語。

同為零崎一賊的，零崎軋識的話語。

「阿趣——我希望，這個留言可以順利送到你手上。」

音樂盒，發出了這樣的話語。

「雖然，我還有用其他二十三種方法送留言給你——不過恐怕是只有這個方法，最有可能順利送到你手上。所以我要賭在這個可能上——唉。這個樣子，持續營造個人特色的遣詞用句，大概已經沒有意義了吧。」

音樂盒是自動樂器的一種。

利用圓筒的凹凸讓梳齒狀的音梳演奏出聲音，這麼單純的構造——於是這個留言，並不是用零崎軋識本人的聲音訴說的。不是用原本的聲音錄音起來的。而只不過是在連續發出，金屬的碰撞聲而已。不如說，如果聽者不是擁有絕對音感的零崎曲識，應該就無法把這些聽成人話，就是這麼樣的一個簡易留言。

於是——軋識才會判斷，這是最有可能順利送到曲識手上的方法吧。

「零崎一賊，現在，正面臨危機——過往最大的危機。比起『大戰爭』，比起『小小的戰爭』，現在的情況都還要嚴重……不，不對。已經絕非如此而已。應該要用過去式的講法來說，像這樣：**危機來臨後情況已經很嚴重了。**」

用金屬刻劃出來的聲音。

然而，曲識能從這樣的聲音——聽出軋識那幾乎就要滿出來的感情。

並不是因為他有絕對音感。

只是因為——他感覺得到。

那個跟曲識呈現對比，能夠把感情表現在外的，使用狼牙棒的殺人鬼，曲識總是，一邊心生羨慕一邊看著。

「零崎一賊——已經遭到殲滅了。」

軋識的話語這麼地持續著。

「存活下來的人，就目前而言，就只有我跟你——不過，這是基於假設你還活著，還有我也還活著的情況下所說的。」

曲識。

眉頭皺也不皺絲毫——聽著這些話。

「除了我跟你之外，零崎一賊總共二十二人——全部，都被殺了。阿願——『自殺志願』，零崎雙識，我連絡不上他。這種情況下那傢伙卻沒有動靜，意思就是說他已經死了。」

軋識肯定的話語，讓曲識稍微瞇起了雙眼——接著，點頭。

因為他的意見完全一致。

「那個小鬼——零崎人識，看樣子也是死了。他的部分，看樣子似乎跟這次的事沒有關係——唉，要說這很有他的風格，這確實是個極為有風格的死亡。然後……等這個留言送到你手上的時候，我大概，也已經被殺，已經死了。」

音樂盒的音梳發出來的話語，既無顫抖，也無迷惘。

以至今為止的相同節奏——這話語繼續下去。

「我不知道是誰，為了什麼目的，而要對零崎一賊下手——我能夠確定的，就是對方的能力實在太具有壓倒性，完全不給我們分析的餘地，還有收集情報的時間。僅僅只有一個人的橙色暴力——便蹂躪了我們。」

橙色暴力。

這個詞彙，讓曲識有了反應。

雖然保持沉默——但是產生了，細微的反應。

「正確來說，有兩個人——在橙色暴力的暗處，總是伴隨著一個全身都包著繃帶的女人。看樣子，那傢伙擁有跟你相同的能力——也就是，操縱他人的能力。」

聲音師。

操縱人體與人心的能力。

即使不是使用聲音當作媒介，也同樣存在能夠做到相同事情的人——當然，曲識就知識層面來說知道這回事。

那樣子的人，應當就是這次的敵人了吧。

不對，與其說是這次，不如說是——

最後的地人了吧。

「但是，比起滿身綳帶的女人，橙色暴力那邊才是問題所在——一開始，我還以為沒什麼大不了的問題。只不過是一賊的人，被一個人給殺掉而已。然後跟平常一樣，零崎一賊，會對那個人展開復仇——可是，我看得太簡單了，小看了這次的狀況。展開復仇的人依序被殺掉——如今，只剩下我跟你兩個人。宛如，**側敲積木塔般**一**塊塊被敲掉**。可是，已經不能回頭了——事到如今，我不能停止身為一賊的行動。不管是沒有能力去替已死的家族成員們報仇雪恨，還是不能不企圖去報仇雪恨都一樣——我現在，就要去死了。」

理所當然一般地被迫說出口的決心。

曲識想，真像軋識的作風。

這樣的感情——讓人覺得很羨慕。

「曲識，你就——拋棄零崎之名吧。」

這句話也是。

果然，理所當然一般地被迫說出口。

「你身為素食主義者，沒有意義要拘泥在這種——沒有意義的戰鬥，沒有意義的虐殺行為之上。如果還有能救得了的家族在那也就罷了，但是現在已經沒有這樣子的人了，正好適合白白送死。大概是十年前吧——我聽你發誓說你除了少女之外的人都不殺的時候，老實說，我心想這種誓言不可能做得到的。阿願連擔心都沒有擔心——他想我們是殺人鬼，不可能有隨機殺人之外的選項可以選擇。但是——你做到了。對於如此的成果，我由衷地獻上贊美。如果是這麼有決心的你，一定可以捨棄零崎的。你是音樂家吧？你一定能在音樂這條路上功成名就的。你就走到——陽光照耀的地方去吧。」

軋識在窮途末路的時候傳出來的留言——並不是向曲識尋求幫助的話語。

而是勸告曲識逃走的話語。

零崎軋識，在馬上就要去死的時候——直到最後，都還在擔心曲識。

真的——很像他的作風。

「唉，你要盡力，盡力把我的名字給流傳下去——要說曾經有一個叫做零崎軋識的，帥得不得了的殺人鬼存在。永別了。雖然你也是個怪傢伙——不過我過得很愉快。」

然後他的留言就結束了。

由於發條多轉了好幾圈，所以音樂盒發出來的聲音，又回到了開頭的「阿趣——我希望，這個留言可以順利送到你手上」，但曲識闔上小盒子的蓋子，打斷了這句話。

聽一遍就足夠了。

而且，說真的，可說是連聽一遍的必要都沒有——因為零崎軋識送給曲識的，除了這個音樂盒之外的二十三種方法的留言，曲識全都收到了。反而是這個音樂盒，才是最後一個，勉強趕上時間送到的留言。

這種傻呼呼的情況，也讓曲識覺得很像軋識的作風——儘管現在的確也不是能因這種有趣而浮現微笑的情況。

「已經到了最糟糕的狀況——不過，還不錯。」

收到的二十四個留言。

不論是哪一個，內含的情報量都是有限的，也覺得或許發送當時的情況各自不同，彼此之間錯綜複雜——但是，既然不管哪個都是類似的情報，藉著來自多方的這個特性，曲識有辦法能夠多少進行一點分析。

比起身處漩渦中的軋識，他更容易看清狀況。

橙色暴力——還有，滿身繃帶的女人。

或是，其背後的幕後黑手。

儘管「他們」的目的是什麼，軋識也好，據說遭到殺害的一賊的人們也罷，似乎都無法掌握清楚——但是身處在遙遠的局外位置的曲識，大致可以猜想得到。會有如此的猜測，原因的一部分在於曲識是個旁人認定沒有感情的男人——不過這不重要。

「他們」的目的就是——零崎一賊本身。

殲滅零崎一賊，正是「他們」的目的。

雖然還沒有精確鎖定到這是個怎麼樣的目的，是個看準什麼的行為——然而，對於沒有理由就隨機殺人的，殺人鬼集團零崎一賊來說，應該沒有權力去詢問任何人這種問題吧。

或許，軋識在無意中察覺到了，這麼做的「他們」的目的何在——所以，才會對曲識說，捨棄零崎之名云云。

但是。

「我不知道這是不是快要死的時候說的玩笑話……不過你這話不是說得太亂來了嗎？阿贊。」

曲識說道。

「什麼要把你說成是『帥得不得了』流傳後世——我不可能做得到。出乎意料，我還滿討厭說謊騙人的。」

就在此時。

空無一人，微暗的地下室裡，有個從走廊走進來的人影——門雖鎖了，但曲識給了這個人備份鑰匙，對於這個人會現身於此一事，曲識並不吃驚。

只不過。

昨天收到聯絡之後，「他」居然會這麼早就現身——曲識對於對方專程來找他這一點，感到有些許的，驚訝。

當然，這種感情變化沒有表現在外。

現身的是——罪口積雪。

咒之名排名第二，「罪口」。

罪口商會，第四地區總籌——罪口積雪。

鋼琴酒吧Crash Classic的——常客。

他將手中提著的行李箱，發出碰咚一聲放到了桌上。

「唷，曲識老弟。」

他說。

「讓你久等了——我大概應該這樣對你說吧。儘管如此，我本來一直想要以最快的速度趕過來的。」

「別客氣，還不錯——我很尊敬身為武器工匠的你，不過我並不期待，你有這麼快的速度。」

「我反而希望曲識老弟可以給身為藝術鑑賞家的我一些評價呢——因為我希望我跟曲識老弟，是因為藝術才建立起關係的。」

「藉著你評價我的程度的等級，我就能夠得知你有多少鑑賞能力。」

「你在說什麼呀。」

一邊打著招呼——積雪一邊打開行李箱的蓋子。

為了確認內容物，曲識走下舞臺，來到積雪所在的位置，步調緩慢地逐漸靠近——行李箱的裡面。

裝有，某種樂器。

那是——黑色的沙鈴（maracas）。

這是用於倫巴音樂伴奏的節奏樂器。做法是把葫蘆類的果實挖空，在裡面放入小石子之類的東西後再加上把手，為兩個一組的樂器。

不過——這是罪口商會的產品。

終極的武器工匠集團，而且還是總籌等級的人士這麼大費周章帶來的沙鈴——不可能會是一對普通的沙鈴而已。

就外觀來說——已經大放異彩了。

刻在上面的花紋，甚至看起來就像是咒語一般。

「我累死了呀，為了要做好曲識老弟的訂單——我雖然當工匠很久了，可是應該可以說是第一次，接下這麼精緻的訂單吧。」

「這麼精緻的武器只花兩天就做好，這種本領也值得你驕傲一番呀。」

「沒有工匠不會驕傲的。若非如此，我就沒有資格把這有如自己孩子的作品交給別人的資格了——」

積雪光明正大地這麼說道。
毫無不好意思或是炫燿之意。
雖然是黑暗世界的人——還是咒之名的人，但他徹頭徹尾都是個工匠，與身為藝術家的曲識，在這個意義上而言是相對的兩極。
曲識心想，正因為如此，所以他們兩人才可以在心情愉快的距離內當朋友。
大概對方也是這麼認為的吧。
「就聲音師的能力來說，平常應該是使用吹奏樂器比較好吧——可是，這麼一來不論如何，都會變成氣會喘不過來持續不下去。強化心肺功能這一點，只要裝載我的器皿還是血肉之軀，畢竟會有個極限——所以如果能利用一個無須使用心肺功能，這一類的節奏樂器來操縱他人，那情況就理想得多了。」
吉他或小提琴這些弦樂器，曲識也可以用來操縱聲音。
全方位音樂家，就是零崎曲識。
但是——弦樂器萬一弦斷了，那就完了。
所以，就耐久性而言，打擊樂器比較符合期待——不過，打擊樂器，基本上能發出來的聲音種類實在是粗糙乏味。要完全藉此操縱他人是很困難的。
理想終究是理想。
至今為止，曲識想都沒想過，這個理想能有實現的一天——只不過，自己要作為自己活下去的話，就沒必要擁有這麼厲害的武器。

零崎雙識使用大剪刀「自殺志願」。
如同零崎軋識使用狼牙棒「愚神禮贊」。
曲識以為自己沒有使用某種特定武器的必要——他以為樂器就是普通的樂器。可是。
到了最後的最後，他捨棄了這種想法。
他拜託了——朋友之一的武器工匠。
「當然，我打算把這對沙鈴，取名為『少女趣味』——你應該沒有異議吧？曲識老弟。」
「嗯，還不錯——你高興就好。」
「希望我能製作出可以表現出寬廣，而且正確的音階的沙鈴——不過，這也是要有曲識老弟這種等級的音樂品味，才能夠首度化為可能。你要把這當作是能跟滿不錯的平臺鋼琴相提並論的沙鈴也沒問題。當然——既然這是罪口商會的作品，要單純當作打擊武器使用也是可以的。由於十分堅固，不會因此就喪失樂器方面的機能的。應該某些地方需要調音一下就是了——總之，既然曲識老弟打算要去送死，接下來的事情也許不太重要了吧。」
「……我沒打算去送死。」
曲識如此回應積雪所言。
「我是為了要活下去，才要去那裡的。」

「你無法，捨棄零崎之名是嗎？——唉，我也是啦，如果要我捨棄罪口之名，我也除了拒絕之外別無方法。對了對了，還有一件事情，曲識老弟拜託過我的事情——曲識老弟的親戚提到的『全身包著繃帶的女人』，從情況來推測，真面目可能就是右下露蕾蘿。」

「右下？」

曲識疑惑地測著頭。

「我沒有聽過這個名字——我還以為一定是跟時宮……或是奇野那邊的人才有牽扯進來。」

「也不能說沒有這種可能。可是，這件事情跟咒之名直接有所關聯的可能很低——就算有，也是極為個人的行動吧。」

「原來如此。」

點點頭，曲識說道。

「那麼——那個叫做右下的女人，是什麼來頭？」

「老實說，就連我都對這一點毫無頭緒——總之，她是個獨行俠般的，人形士。」

「人形士呀。」

「這可麻煩了呀」，曲識老實地說出自己的想法。

如果說，曲識是利用聲音支配他人的這種能力的高手——那麼人形士就是什麼**工具**

都無需使用就能支配他人的這種能力的高手。

等同於直接連接到他人身上進行支配。

因為必須要利用作為媒介的聲音——所以就技術層面的優劣來說，人形士的等級是遠遠高過聲音師的。

「就像你知道的，所謂支配他人的這種能力，是一種非戰鬥集團『咒之名』能力遠勝過戰鬥集團『殺之名』的技術——實際上，正因為我是『咒之名』，所以才能掌握她的名字，不過……基本上她是個無名的高手。」

「有可能就是因為無名所以才恐怖——因為能不讓任何人知道名字，在暗中活動。」

「你說的一點都沒錯。」

罪口乾脆地表示同意——然後，

「而且。」

這麼繼續說道。

「還有一個人——看樣子右下露蕾蘿拿來當人偶使用的，就是曲識老弟的親戚提到的『橙色暴力』——不過我這邊，完全不清楚。」

「不清楚？不只是無名——還有不清楚呀。」

「嗯——我完完全全不清楚一切。關於右下這個人，也許花點時間去找的話可以蒐集到一些情報——但是關於『橙色暴力』，我連個頭緒都找不到。但是，關於那壓倒性的……強得就跟是假的一樣的能力，我可以保證是真的。曲識老弟的親戚們遭遇到的災難——雖然其中一部分已經變成了話題，不過實在是太慘了。讓人不由得想起過去的那場『大戰爭』——」

「……『大戰爭』，是嗎。」

曲識重複著這個詞彙。

「這樣的話——意思就是跟那個紅色老鷹的等級一樣厲害了吧。」

「嗯——跟哀川潤的等級一樣。」

罪口說。

到目前為止，反而一直是笑容滿面在推進話題的他——表情首度籠罩了陰霾。

這個名字。

感覺就像是他唯獨不想把這個名字說出口——即使如此，這彷彿依然是個必須心懷無可奈何的敬畏，才能夠說出口的名字。

「實際上，一開始的時候，我就在想這場災難的兇手可能會是哀川潤——不過，目前來說，哀川潤下落不明。說不定，是匂宮雜技團的王牌幹的——」

「匂宮雜技團的王牌……你是說，匂宮出夢嗎？」

不愧是同為「殺之名」。

連沒什麼世間閱歷的曲識，都還能掌握這些資訊。

「據說是唯一能與哀川潤匹敵的存在——不過，我不認為哀川潤會輸。還有——我不認為這次的事情是哀川潤做的。即使她下落不明，但本來她那個自由過頭的女人，行蹤不清不楚的情況，以前就發生過好幾次了。」

「說的也是。」

「這是個在哀川潤離開之後才觀測到的颱風——所以『橙色暴力』，應該是另一個東西吧。還有並非我已經知道對方是什麼人了——我只是完成身為零崎一賊的殺人鬼，所必須的使命罷了。」

「我認為你想怎麼做都可以——」

積雪說道。

「可是，要說這樣很不像是『脫逃的曲識』老弟，還真的是很不像呢。」

「你說的很像我，意思是就算家族被人殺光，我也會不為所動，繼續無憂無慮地彈著我的鋼琴是嗎？」

曲識輕輕地——把手伸向行李箱中的沙鈴。

「既然如此，那我不需要像那樣子的我。我會努力做這些不像我的事情的。」

「…………」

「這樂器，拿起來的手感還滿沉重的呢——積雪先生。要是我能活著回來，到時候，我希望請你替我製造一個——不是武器，而是單純是樂器的樂器。」

「悉聽尊便。」

積雪很普通地點點頭。

彷彿這就是件普通的事情。

「我決定，要我跟你之間堅定不移的友情當作是代價。」

「真便宜。這筆生意真划算。」

這麼說完——曲識便轉身朝著走廊走去。罪口積雪看著他的背影。

「你已經要動身了嗎？」

對他說道。

「嗯。」

曲識說。

少女趣味——零崎曲識。

雙手拿著一對黑色沙鈴，也就是「少女趣味」。

平靜地——回答這個問題。

「開始零崎，也還不錯。」

「大戰爭」。

「小小的戰爭」。

體驗過兩場戰爭的殺人鬼，零崎曲識——

就這樣，參加了最後的戰爭。

◆　◆

零崎一賊的怪模怪樣孩子，這個時候已經死了的零崎人識——還有匂宮雜技團的王牌，同樣在這個時候已經死了的匂宮出夢，從雀之竹取山衝擊的邂逅之後過了好幾年，又面臨了注定的訣別，但是，對在這幾年之間，上演了頂多七次的傳說般的互殺的他們來說，也確實存在著所謂宛如蜜月般的親暱時光。

曾經一起戰鬥。

也曾經互相幫忙。

這是，兩個人在如此的，相較之下顯得淳樸真摯的時光的對話——交談的地方，就是零崎曲識開始成為「少女趣味」的起點，超高級飯店，皇家王權飯店中的一個房間。這事始終都是單純的偶然，但就因為是單純的偶然，所以才適合當成在這裡引用的對話吧。

「人識，我問你——」

匂宮出夢，

這麼說道。

坐在雙人床上的匂宮出夢，雖然下半身穿著皮褲，但上半身赤裸著。肋骨都清晰可見，是個纖瘦的身體。

瀏海用眼鏡攏在頭上。

「你有沒有想過，關於『強』這回事？」

「嗯？」

坐在床鋪正對面的沙發上的零崎人識，一邊似乎是在確認手裡拿著的粗壯刀子的刀刃反射來自天花板的光線的情況一般地仔細端詳著，一邊回答出夢的問題。

「你是說關於『強』——這回事是嗎？」

「嗯。『強』這回事——也就是所謂的『強』到底是怎麼回事，你有沒有想過？」

「這個嘛。」

人識浮現出發愣的表情。

「我沒想到身為只會追求『強』的你，居然會問我這個就像是半調子殺人鬼的人這個問題。」

「嗯，你就當是益智猜謎之類的，輕鬆回答一下吧。你知道『請問所謂的強，是怎麼回事呢？』這個問題的答案嗎？」

「誰曉得呀，我不知道——啦。」

「你稍微思考一下。來，五——四——三——」

無視於開心地開始在倒數計時的出夢，人識的注意力回到了刀子上。似乎是在說出夢這種硬要煩人的態度，他已經習慣了。

出夢也不在意，繼續在倒數計時。

「二——一——你答不出來的話，就要跟我舌吻喔——零！」

「你在一跟零中間胡說什麼鬼！」

「答案還不簡單。」

無視激動到差點把刀子往旁邊丟出去的人識，出夢說出了問題的解答。

「所謂的強，也就是所謂的弱。」

「……啥？」

「嗯，要讓我來說就是這樣啦——我認為，所謂的強，就是從某一個時間點開始，越是變強，就是跟弱越來越靠近。所以，不能夠停在某個地方的話，就會失去大部分的意義了。」

「我聽不懂你在說什麼啦。這是怎樣？聽起來很像是已經到達巔峰的人才會講的理論。」

「我的意思是，超過某種程度，脫離常軌的強，就會變成只是個遭人利用的存在罷了。這種強不是可以蹂躪其他東西的存在——而只不過是一種，可以遭人有效活用的東西而已。感覺就像是戰鬥機啦，核子武器啦之類的東西。那些東西呀，只不過就是單純的存在而已，應該感覺不到什麼強吧？就是跟這個一樣的意思。簡單來說——強這種東西，就只是一種個人特色而已。」

「個人特色——」

「像是貓耳啦，眼鏡啦，跟這些是一樣的——強也好弱也好，就是這種東西吧。所以——所謂的強，就是所謂的弱。如果想得太過認真——那麼過了巔峰之後，就只有相反的意義了。而我老早就完成了這一點——你呀，不久也會完成的。這是無法預防的。」

「…………」

「所以，做任何事情重要的就是收手的時刻呀，就是這個意思——」

「好了，」出夢說著同時下床。

然後，轉動著手腕——

「那麼，要不要來互殺一下？」

這麼說道。

「我知道了。」人識點頭——他一點沒把出夢問他的問題放在心上的樣子，從沙發上站了起來，走去把剛剛丟到旁邊的刀子撿起來。

互殺。

話雖如此，但這並不是計入七次互殺記錄中的互殺——而是處在蜜月期之中，當作是消遣的互殺。

與其說是互殺，不如說像是彼此在玩鬧。

蘊藏友情的拳腳相向，蘊藏感情的刀劍相對。

如此要好的這兩個人，走到訣別的結果，是沒有多久之後的事情——不過在這個時候，這還是一言難盡的故事。因為要想說清楚零崎人識的人際關係，還需要某種程度的充裕時間才行。

◆　◆

施工中的工地——曾經是這樣的地方。

中部地方的山區，某個僻靜的地方——這個時候，開發山林的目的究竟為何，處在除了非常小部分的相關人士之外沒人知道的階段，只是在砍樹，整平地面的階段的工地——在那裡。

零崎軋識，曾經在戰鬥中。

「愚神禮贊」——Seamless Bias，零崎軋識。

身處困境的他所送出去的，要給零崎曲識的留言，二十四個全部都順利送到的可笑已經描寫過了。在全部的留言中，他的表現儘管有所差異，不過都是在陳述「這個留言送到你手上的時候，我應該已經死了」這個意思。不知是幸或不幸，他這時依然活著。這個以前零崎雙識曾經稱呼為「忘了要有個開場的男人」的殺人鬼，可說完全發揮了本領。

但是——不能說是平安無事。

身體完整。

然而，非常憔悴。

作為武器的狼牙棒，早就只剩下握把的部分了——除此之外的部分，完完全全遭到消滅了。

只不過，拿來防禦一次——就變成這樣。

軋識本人，還沒有受到對方的攻擊——可是，這個樣子，只不過是等同著人還保有一條小命這個意思而已。

假設遭到了一擊。

就算只是掠過小指的指尖。

不對，就算只是掠過小指的指甲。

軋識的肉體——應該就會連個碎片也不留吧。

事實上，**就像是這個樣子**——工地現場停放著的好幾臺重工業用的機械，已經跟狼牙棒「愚神禮贊」一樣被打飛，無影無蹤，完全遭到消滅。

他的註冊商標的草帽也一樣——不知道什麼時候，飛到什麼地方去了。

「……何在。」

在這老早就是只能笑一笑的情況中——

軋識，凝視著正前方。

「你們，到底在幹什麼——我一點都感覺不到，你們幹事情的道理何在。」

正前方，有兩個人。

後方有一個人——戴著眼鏡，包著繃帶的女人。

她沒有參加戰鬥。
偶爾，她神經質地碰觸眼鏡，也維持著一定的距離，沒有要靠近軋識的意思。
然後是前方。
有個戴著像是在廟會攤子販售的，狐狸面具的——小孩。
把橙色的頭髮，編成粗粗的辮子的小孩。
這個橙色的小孩，就是此時此刻，軋識正在交戰的對手——橙色暴力。
還有——是殲滅零崎一賊的小孩。
「只能認為這是個——怪物了。」
無處可藏的工地。
大小約莫一座棒球場的空間，平坦無障礙。
軋識，都到了這個節骨眼，依然是絲毫沒有要逃走的念頭——就算是一時的逃避，
這也不是可以加以容忍的戰場。
軋識發覺到自己是被引誘進來的，已是過了一段時間後——也就是說，這種情況
下，敵人唯一要提防的，就是軋識逃走這件事情。
軋識完全想不到。
想不到——自己該如何戰鬥。
「這個問題，我沒有回答的意義——」
包滿繃帶的女人回答。

「你只要乖乖被殺掉，就好了。因為這只是——普通的試驗運用。只要能有相對應的成果出來，我就很有面子了。」
然後——橙色小孩沒有回答。
不是只有現在這樣而已。
這個小孩，打從一開始，就沒有開口說過一句話，或是像是話語的字眼。
動作也是——讓人感覺到似乎有些笨拙。
果然，是遭到操縱了——軋識這麼想著。
後面那個滿身繃帶的女人，正在操縱這個小孩。
因此，不管這個橙色小孩有多厲害——只要能收拾掉後面那個女人就可以了。儘管明白這麼簡單的道理，卻無法如此隨心所欲。
不論怎麼做——對方都有辦法對付。
那個全身繃帶的女人，對於操縱人，讓人站在自己面前戰鬥，精通得不得了。
宛如那個，軋識十分熟識的音樂家一般——
「你們——到底，有什麼目的？」
「這個問題，我沒有回答的意義——即使如此，我還是應該姑且，要跟你道個謝吧！沒有比你們這些所謂零崎一賊的人，更適合來當橙色種子的實驗對象的了——因為如果越殺越多人，你們就會自動送上門來，呢。」
「…………」

「強過頭也是你們的問題呢——一般來說，如果對手強過頭，對決就不會成立了。因為大部分的人，都會直接逃跑——可是，你們不一樣。殺了一個，還會有接二連三的人跑過來。」

「……因為我們是一家人，這是理所當然的。」

「一家人？我不懂這種概念——那麼，差不多該結束了吧。就算沒有那個叫做『寸鐵殺人』的傢伙在，你還是可以滿拚命的嘛——」

說完——滿身繃帶的女人，摸了摸眼鏡。

彷彿以此動作為暗號——橙色的小孩行動了。

「哈——」

笑了。

那小孩笑了。

似乎與全身繃帶的女人的支配無關，那麼強而有力的——宛如，想要終結一切的最終存在一般，橙色的小孩笑個沒完沒了！

「哈哈哈！」

不管遭到多麼嚴重的嘲笑，對軋識而言，也已經束手無策了——體力在很久以前就已經耗盡了。

也沒武器。

只能——等死了。

「唔……！」

這個時候，掠過他腦海中的是什麼東西，外界是無法觀察到的——但是，不管那是什麼，不管那是紅髮小女孩還是藍髮少女，一切都只是，非常短暫的一瞬間而已。

一瞬間。

連眼睛都沒闔上。

然後——在他的視野之中。

橙色的小孩——停止了行動。

「你是想要耍我嗎——」

雖然，這麼對那小孩說。

事情卻不是如此——橙色的小孩以非常不自然的姿勢停止動作，還有後面的女人也露出不知所措的表情，都讓軋識非常清楚情況。

恰啦！

恰啦！

恰啦！

這種恰啦恰拉的巨大聲響，連軋識都逐漸聽到了——不對，這個聲音，先前只是軋識沒有注意到而已，不久之前，就已經參雜在風聲中，一直存在著。

現在，只是變得越來越大聲。

彷彿──剛才都是在做初步的準備。
「我、我不是──」
軋識──發覺到了。
立刻就發覺到了──然後發出怒吼。
「我不是告訴你，叫你不要來的嗎！」
「──還不錯。」
果真沒錯。
穿著燕尾服的殺人鬼──零崎曲識，就在那裡。
混入各種聲音中讓自己的氣息消失，這可是他得意的專長──不過，當然，只要視線望向那個方向，就不可能沒有看到他。
過長的頭髮，隨風搖曳繚繞。
他無視軋識──還有，那個橙色的小孩，而是凝視著，那滿身繃帶的女人。
「看樣子我趕上了呢──還不錯。」
「……你是誰？」
面對滿身繃帶的女人的問題，
「這個問題，我沒有回答的意義。」
曲識，寧靜地這麼說。
「不過──就算沒意義我還是回答妳吧。我是音樂家──零崎曲識。」

宛如是在自我宣示一般。

曲識，揮動著手上拿著的黑色沙鈴，發出恰啦恰啦的聲音。

揮動之後，還有細小的擺動——讓沙鈴持續發出聲音。

「這、這麼——」

軋識對於突然現身的——不，現身是剛剛就已經發生的事情了——曲識，像是在責備一般地說道：

「——這麼沒有意義的戰鬥，你為什麼要參加！如果有該伸出援手的家族在也就罷了，可是我們的家族，所有的人，不是都被殺到一個都不剩了嗎！」

「還有人在。」

曲識說。

「你不是，還活著嗎？」

「…………！」

這句話，如果是出自一賊的其他任何一個人——就算是零崎人識說的——軋識應該也不會吃驚吧。

然而，現在是曲識說的。

零崎曲識，說出這麼一句話。

這帶來的衝擊——讓軋識的內心產生了一條大裂痕。

這條裂痕，可以讓人拿來利用——但，不是讓全身繃帶的女人利用，也不是讓橙色的小孩利用。

而是讓並非外人的零崎曲識，拿來利用。

「……唔，什麼！」

有種——身體遭到支配的感覺。

以前有好幾次，曾經把身體**借給**曲識，把肉體的指揮權委託給曲識——就跟那些時候一樣。

是那對黑色的沙鈴嗎？

那種節奏樂器——有辦法進行支配到這種程度嗎？

再加上，眼前的小孩。

這個橙色的小孩——應該也是因為曲識利用聲音控制，所以才停止動作的吧。

應該已經支配了那個身體。

同時，支配兩個人，到這種等級——

——在暫時沒見面的這段時間內，曲識提升了自己的技術。

軋識——立刻就，察覺到了曲識的意圖。

——不，最重要的是——

軋識已經疲憊到了極點，事到如今就算把肉體的指揮權交給曲識，他也不認為能做什麼事情。也就是說，曲識是想——

「你這個——大笨蛋！」

相較於怒斥的速度，軋識的身體行動更為快速。

軋識的身體，擅自地。

跟軋識的意志無關地——開始逃走。

零崎軋識的身體擅自轉身，背對著全身綁帶的女人，還有橙色的小孩——然後盡全力開始狂奔。

「我一點都，不希望你做這種事情，呀——！」

聲音——一下子就變得遠遠的了。

跟軋識本人的意志無關。

然後完全照著曲識的意思。

零崎軋識——離開這片整平的土地，逐漸消失在，森林之中。

「……阿贊，你是個應當要長命百歲的男人。」

曲識——低聲地說。

一邊用力揮動沙鈴，一邊低聲說道。

「應該早早死掉的，是像我這樣的男人。」

像他這樣，什麼感情也沒表現出來。

始終都很平靜地——低聲說話。

「你要盡力把我的名字給流傳下去——要說曾經有一個叫做零崎曲識的，帥得不得了的殺人鬼存在。再見了。雖然你也是個怪傢伙——不過我才是因此，過得很愉快的人。」

已經看不到，軋識的身影了。

曲識有如呢喃的聲音，軋識也不可能聽見了。

即使如此，曲識依然將這由衷的留言——傳出去給軋識。

◆　◆

人形士，右下露蕾蘿。

滿身繃帶的女人。

不過，關於她的情報——曲識在還沒辦法全部到手的情況下，就來到了這個工地。

雖然曲識說「趕上了」，但就這句話的意義來說，他絕對，是沒有趕上的。

右下露蕾蘿自然不用說。

連那個橙色的小孩——想影真心的事情，他也沒有掌握到。

可是，利用沙鈴的聲音，支配了那個小孩的身體的時候——他，想起了十年前的事。

沒錯。

紅色少女。

他想起了，以前曾經支配過現在所謂的人類最強——哀川潤當時的事情。

零崎軋識，也跟曲識一樣，曾經跟哀川潤有過某些交集——可是，從戴著狐狸面具的身型瘦小的孩子，軋識不至於聯想到哀川潤的事情。

徹底沒有。

就是因為曲識接觸了橙色的小孩的精神層面——所以才會，想起哀川潤的事情。

不對。

其實是他，從未忘記過。

——最後的最後。

——在這種生死存亡的關頭——他不曾想過，還能與她重逢。

就算不合時宜，曲識的內心，依然產生了如此的感慨。

雖然曾與罪口積雪有過那彷彿會變成伏筆的對話——但是完全沒料想到，「橙色的暴力」居然會接近哀川潤到這種地步。

為什麼會從橙色的小孩身上，感覺到哀川潤呢，曲識一頭霧水——他不可能會知道的，還有，即使企圖找出原因何在，也是想不出來的。

他自然而然地這麼想。

光是這樣，就夠了。

光是這樣，他的內心就得到滿足了。

「……你是，聲音師嗎？」

面對這樣的曲識——滿身繃帶的女人，右下露蕾蘿開口問道。

「零崎一賊裡面有聲音師——我孤陋寡聞，從沒聽說過這回事。」
「……這樣呀。站在我的立場，真希望傳聞可以再多散播一點呢——結果是這樣沒人聽過呀。不過，妳有沒有聽說過，零崎曲識這個名字？」
「這我有聽說過——雖然我本來打算把你當成是大牌留到最後才處理，不過看樣子現在順序已經改變了呢。」
右下露蕾蘿——浮現出自信滿滿的表情。
這應該不是虛張聲勢。
儘管她似乎因為曲識的突然出現而大吃一驚——雖然曲識趁著她這個破綻，讓軋識順利逃脫了，可是在這短短的時間之內，右下已經重整好自己的態勢了。
雖然曲識應當是藉著聲音，已經支配橙色小孩的肉體了——然而，如果要說他可以隨心所欲操縱這個小孩的身體，卻又並非如此。
光是——要讓他停止下來，就耗盡力氣了。
意思就是，小孩身體的指揮權並非變成完全屬於曲識自己的東西。
能夠支配的程度，只到一半。
那麼，剩下的一半呢？
用不著思考就知道了——剩下的一半是右下露蕾蘿的囊中物。
人形士，右下露蕾蘿。
同系統的技術的——箇中高手。

右下，

這麼說道。

「哦——」

「——其實你呀，是個滿好的男人嘛。雖然我很介意你頭髮太長。」

「……妳從剛剛開始，就摸了妳的眼鏡好幾次，這是妳要施行技術的必要行動嗎？」

「不是呀！這只是習慣——怎麼了，這位小哥，你是不是喜歡戴眼鏡的女人？」

「不是。眼鏡這種東西，只是單純的矯正視力的器具。我對此沒有特別的好惡。」

「這樣呀——我可是很愛喜歡眼鏡的男人呢。」

說完，右下盯著曲識看——可是，沒有出現什麼不得了的舉動。

因為她也——跟曲識一樣，無法讓橙色的小孩有所行動。

支配權——支配率，都是一半一半。

彼此的技術——勢均力敵。

——不只是這個女人的能力吧。

——恐怕，還有時宮。

——再加上，奇野也糾纏其中。

曲識冷靜地分析。

事前的預測，對了一半——那麼，若論單純的操縱能力，可說是曲識占了絕對的上風，可是以現狀而言，如果不透過聲音就無法支配橙色小孩的曲識，可說多少屈居劣勢了。

「……幸好有拜託積雪先生。」

平靜地——曲識說道。

「據說鋼琴是小型的管弦樂團……那麼這對沙鈴，甚至應該可說是最小的管弦樂團吧。『少女趣味』……早知道會這樣，要是能更早就先拜託積雪先生就好了。」

曲識從剛才開始，就把讓人想不到會是沙鈴這單一樂器發出來的音樂，灌輸進不只是橙色的小孩，還有右下露蕾蘿的身體內——不過，果然很不順利。

因為同是操縱類的能力者，彼此格格不入。

就如同曲識這樣——不受他人操縱的方法，早已從基礎上無意識地，而且是在必要之上地，精通熟練。

正是因為如此才夠格當一個高手。

右下露蕾蘿應該也是，為了要操縱曲識，應當正在進行**某種行動**才對吧——雖然曲識並不知道對方到底是利用哪一種方法——但是，一定也是進展得不順利。

所以，這場戰鬥。

可說就是一場哪邊能夠強過對方順利支配橙色的小孩——戴狐狸面具的小孩的戰鬥，就是這麼一回事！

「哦——狐狸說不定會想將你給先拉入『十三階梯』呢——雖說只是從我們**正在動**

手的上面往下覆蓋，但是我沒想到，你居然可以這麼輕易就支配真心！」

「狐狸？這是妳老闆的名字嗎？『十三階梯』？這是妳所屬的組織的名字嗎？真心？是這個小孩的名字嗎？」

「這個問題——」

「我沒有回答的意義。」

曲識搶先說出了對方的臺詞。

然而，右下面對這樣的曲識，依然只是無畏地微笑著。

看起來的情況是，一個什麼也沒做只是佇立著的滿身繃帶的女人，還有像是在與她對抗的，拚命擺動著沙鈴的身穿燕尾服的男人，以及站在兩個人之間戴著狐狸面具的小孩。要說滑稽還真的只是一幅滑稽的畫面——但眼前正在進行的可是嚴肅的勝負。

同時，也是劇烈的心理戰。

因為在操縱類人士的戰鬥中——能在精神上占到優勢的人就贏了。

所以就算回答問題是沒有意義的，但是交談的話語字字句句都是有意義的——即使是一瞬間，也不能有所鬆懈。

暫且，還有選項可選。

曲識還有一個選擇，就是把沙鈴當成打擊武器，攻擊右下露蕾蘿——雖然曲識不是沒有想到這一點，但這麼做的話，在身為技術專家這個層面上，就等同於承認自己技不如人。

等同於對敵人示弱。
要是這個樣子——橙色小孩的支配權，可能一下子就會被搶走了吧。
如果不能一擊就讓右下斃命——曲識在眨眼的瞬間，就會遭到橙色小孩蹂躪了。
即使沒有在戰鬥，卻依然能夠如此維持住身體一半的支配權——這孩子有多厲害，曲識可以深刻地感覺到。
反過來說，如果能夠一擊就讓右下斃命，這個方法就會是個有用的好方法——可是。
年齡應當可說早已不是個少女的右下露蕾蘿，身為「少女趣味」，身為素食主義者的零崎曲識，**沒有辦法動手殺掉她**——因此！
這個手段，怎麼也無法實行。
即使陷入此等局面，也不扭曲自己的信念，無法扭曲信念的男人，也許跟「曲識」這個名字十分不相稱——但是這種乖僻偏執的態度，或許可說人如其名也未必。
不論如何。
事到如今——不能回頭了。
只能持續心理戰下去。
看樣子應當是不知道曲識的「主義」的右下，並未主動對曲識做些什麼——要說曲識因此得救應該也可以吧。
看起來，右下似乎不是個想要跟殺人鬼進行肉搏戰的女人。

這樣的話。

「……妳叫做，右下露蕾蘿對吧。」

「嗯？我不記得我有跟你說過名字——你怎麼會知道？」

「這個問題——」

「我沒有回答的意義，是吧。」

「……這個小孩——到底，是什麼來頭？」

大概是認為講下去沒完沒了，右下好像已經無意重覆「我沒有回答的意義」這種話了。

然而，沉默，跟無法回答問題是一樣的。

無所謂——曲識繼續說道。

「這個小孩——跟哀川潤有關係嗎？」

「………………」

答不出來。

但——有些微的動搖。

曲識感覺到了這一點。

小孩的支配權，有一些些——往自己這邊偏移了。

即使是突然被人說中名字，也不會緊張得動彈不得的女人——面對曲識點出的問題，似乎有所畏縮的樣子。

那麼——必須不給她喘息的機會追擊下去。

因為，這是一場心理戰。

「打從一開始我就感覺到了——這個小孩，實在是，跟哀川潤太過相像了。我不是說外表——而是內在的精神。這種強度，確實很像是哀川潤的等級。可是——只要這樣接觸到他的精神，也能確實肯定，他是另外一個人。我不明白，這孩子到底是什麼來頭？」

「……聽你的口氣，簡直就像是在說，你以前曾經操縱過哀川潤嘛。」

這句話，表面上，毫無動搖可言。

但是——很明顯這是正在偽裝的反應。

「如果我說我是操縱過她沒錯——妳要怎麼辦？」

「我只覺得不可置信而已。因為做得到這種事情的人——不可能存在的。要怎麼做，才可以支配那個哀川潤呀。」

「如果是哀川潤自願接受操縱那就辦得到。」

「怎麼可能，會有這種蠢事！」

右下露蕾蘿——大聲地，笑了起來。

應該是，想要藉此鼓舞自己吧。

而且實際上——她成功了。

剛剛轉移到曲識這邊的支配權，又照原本的樣子，搖擺回到了——五五波，一半一半的程度。

站在曲識的立場而言，只是在陳述十年前發生過的真相而已——不過，站在右下的角度來說，這話聽起來應該是狂妄過頭的話語吧。

反效果。

可是，不能懊惱自己的失敗。

不能後悔。

後悔是——心靈的軟弱。

遭到利用了。

總之，這個話題不要再繼續下去了——曲識這麼想著，這次，右下卻像是再說「輪到我了」一般，主動丟了個話題出來。

「但是——你們兩個人都很不幸呢！如果你可以成為我們的夥伴，那麼對你們兩個人來說應該會是非常幸福的事情吧——不過身為零崎一賊的一員，你也不可能有辦法背叛他們吧！」

「我確實是無法背叛——這樣為什麼會變成是我的不幸？不幸的人就只有妳一個，右下露蕾蘿。因為無法拉我加入成為同夥的妳，除了在這裡讓我殺掉之外別無選擇了。」

「哎呀呀——你會輸給我的。」

右下，以強烈的口吻如此斷定。

這是心理戰的陳腔濫調——雖然這應該是一句，故意說出口的無意義話語，但是既然說了，應當就是有相對應的意思存在。

曲識是如此判斷的。

自然就這麼判斷了。

「為何。」

然後——自然地詢問右下。

「為什麼——妳會這麼認為？」

儘管立刻就發覺到自己的失策，但既然事情都變成這樣了，也不能就此中斷對話——只能推翻對方接著要說的根據了。

沙鈴。

用力地搖動著——曲識盯著右下。

但是，

「因為呀。」

右下——彷彿是久等這一刻的到來，正好指著曲識手上的沙鈴。

「我**只要用腦子想就好了**——我的想法，直接與真心連結在一起。我的想法，就是真心的想法。可以說我們是完全的心意相通。可是你呢，你**只能藉著聲音**，才能支配真心。這樣根本就比不上，心意相通的境界——」

「這又如何？這個事實，只不過是表示，只能藉由聲音，一個節拍，一個停頓來支配他的我，在技術層面比不過妳那儘管光靠心想就好了，但是也只能跟我互相抗衡的能力罷了。」

「不對——這個意思是說——」

右下笑了。

得意地笑了。

摸了摸眼鏡後——笑了。

「我只要用腦子想就好了——你卻必須要這樣子不停搖動沙鈴。我的身體不會疲勞——可是你應該會累吧？」

「…………」

「你是職業的高手吧？『殺之名』排名第三是吧？那應該不會這麼輕易就累了吧——但是你也不可能擁有無限的體力。雖然你說過管弦樂團還是什麼的……但是音樂呀，應該有所謂的演奏時間存在的！」

吹奏樂器，在心肺機能方面，是有弱點的。

弦樂器，在弦的強韌度方面，是有弱點的。

但是——沙鈴這種節奏樂器，也是有弱點的。

不，這可說是所有的樂器——包括以前操縱哀川潤的時候所使用的「人聲」這種樂器在內——都共通的。

演奏——會疲勞。

因為使用了體力。

如果使用心肺機能這是理所當然——就算沒有用也是一樣。

即使是搖動沙鈴，也會變成過度使用手腕的肌肉。

要永遠持續這樣演奏下去——是不可能的。

「……還不錯。」

然而。

右下的挑錯——曲識卻，無動於衷。

徹底地，沒有動搖。

為什麼，要把話說到這樣呢——反而，讓人感到放心，有種似乎已經反過來找到突破點的心情。

不對。

實際上，這就可以變成突破點。

「我還以為妳得意洋洋是要挑我什麼毛病呢——結果妳講出來的還真是低水準的話呀，右下露蕾蘿——」

「幹麼呀——你是想逞強嗎？」

「我沒必要逞什麼強——我在心理層面強過於妳，這一點在妳剛剛所說的話就已經清楚呈現出來了。妳在心理層面，已經死了。」

曲識——「恰啦」一聲。

用力地揮動著沙鈴。

恰啦——恰啦——恰啦、恰啦！

「沒錯，我確實遲早會累。」

然後這麼說道。

「可是，那麼我反問妳——這問題對妳來說，應該是有回答的意義的。右下露蕾蘿，妳——**不會想睡嗎？**」

「……什麼？」

右下的臉龐——露出明顯的動搖。

她吃驚到，都顯露在表情上了。

接著，跟方才的曲識相同——領悟到自己的失策何在。

但，跟曲識不同的是。

她的失策，已經無法挽救了——！

「妳呀，可以維持多久呢，**維持多久不眠不休地用腦思考呢？**一個晚上——還是兩個晚上？不但沒有睡覺，連個小小的打盹都沒有的情況——只是不停地在用腦思考，這妳做得到嗎？其他什麼事情都不做，也不給自己刺激，這樣子要保持意識清醒，應該，是一件頗為困難的事情——」

「怎、怎麼可能！」

右下——大叫。

沒有策略也沒有什麼意圖地，只是單純吶喊。

「我會在你累了之前就先想要睡覺——怎麼可能會有這種事！」

「——作曲，零崎曲識。」

於是。

曲識，以平緩的口吻，說出了，現在，正在使用黑色沙鈴「少女趣味」演奏的樂曲標題。

「作品No.69——『廣場』，原聲版本。」

接著——說出了致命的一句話。

「**演奏時間——一百四十四小時二十四分十三秒**。」

「…………唔！」

「如果妳可以在這段時間內，什麼也不做，只在那邊動腦思考——那麼，贏的人就是妳了。」

曲識彷彿是在說勝利宣言一般地，說道。

「我先告訴妳，這麼點小意思，根本不值得大驚小怪。歷史上為數不少的名曲之中，甚至還有預定要花幾百年才能演奏完畢的——這跟職業高手，或是『殺之名』的排名都沒有關係。右下露蕾蘿，妳不要小看音樂家了。音樂家呀——可是有著人形的樂器。就算會疲勞——但是只要處在演奏時間之內，就不會感到疲勞。」

「可惡——」

臉色鐵青的右下露蕾蘿。
支配權——一口氣轉移到了曲識這邊。
跟哀川潤類似，那個肉體的支配權——轉移了。
指揮權——被迫讓渡出來了。
一口氣地。
一口氣地轉移——也許這並不是件好事。
可以說，這就像是原本由兩個人支撐的行李，忽然都變成必須要一個人獨自支撐。因此，即使是為了要維持氣勢，但曲識彷彿叮嚀一般，不由得再說出「那個詞彙」的行為，也就並非偶然而是非說不可的必然了——
這個必然，
是個讓一切都付諸流水的——必然。
心理戰也好支配權也罷，一切都失去了。
毫無意義的——一句話。
也許，兩個月前，在自己經營的店裡，跟零崎人識久別重逢的時候，在彼此交談的對話中的某處，在跟故事沒有關係的閒聊中的某處，曲識就曾經說過也不一定——
或許是因此才會殘留在腦海之中，那麼樣的，簡簡單單的一句話。
「右下露蕾蘿，妳說的這些話，事到如今不過就只是單純的——」

「——戲言。」

戲言。

就是這麼簡單的一句話——橙色的小孩，便有了反應。

橙色種子。

想影真心，產生的戲劇性的反應。

不管是零崎曲識的支配。

還是右下露蕾蘿的支配。

或者是時宮時刻的支配還有奇野賴知的支配。

想影真心在一瞬間全部斷絕後——產生了反應。

◆　◆

然後一切都結束了。

即使是假設，但也是無可奈何的，假設右下露蕾蘿對想影真心的支配程度達到八成以上——那麼絕對不會演變成如此的結果吧。而且這也表示，零崎曲識對橙色種子的指揮能力，實際上，還沒有到達一半，嚴格來說連四成都不到。

唯一可以說的一句話，那就是開發這片土地的業者，已經沒有必整平山林的必要了——浩大的工程省下了許多工夫。

◆　◆

零崎曲識的意識能夠恢復，應該算是個奇蹟吧。整個身體內部已經破破爛爛了，這根本連看都不用看，就能清楚明白。

自己就快要死了。

自己正在面對死亡，無庸置疑。

為什麼會恢復意識呢，這一點連曲識都不知道——對他來說，或許這完全不是個好的奇蹟。

因為，在快死的時候，這只是在嘗盡痛苦。

「……唉，還不錯。」

儘管如此——他，依然這麼低聲說。

一邊感覺著自己看樣子是仰躺在地上的姿勢，一邊這麼低聲說。

然後，思考起這裡是什麼地方，現在是什麼時候。

地方——大概，沒有改變。

雖然被誇張地打飛出去，周圍的風景徹底改變——改變的程度別說是地形了，就連地圖都必須重新繪製才行，完全變了個樣——可是就座標來說，應該跟剛才幾乎是在相同的位置。

一定是在山區的中心位置沒錯。
然後現在是什麼時候呢？
天空一片黑。
晚上——而且還是大半夜的。雖然曲識做不到用星星位置推算時間這般的特技，但是，這麼點小事情他還是知道的。
雖說是晚上，但距離那場戰鬥，應該已經過了一天還是兩天了吧——
「因為還不錯，所以——還不錯。」
關鍵字。
自己，大概是碰觸到了那個小孩的關鍵字——即使到這種時候，曲識依舊冷靜地如此分析。
雖然曲識不清楚，到底是哪個詞彙才是扳機——但是那個詞彙，一定是對那個橙色小孩來說，非常重要的詞彙。
即使對別人而言毫無意義。
應該是一個只對那個孩子——存在意義的詞彙吧。
不想遭到碰觸的寶貝事物。
不想遭到碰觸的寶貝回憶——曲識應該是不小心碰觸到了。
那個小孩，以及右下露蕾蘿的身影，在摸索周圍「聲音」的範圍之內，都沒能找到——連屍體都，沒找到。

右下，絕對不可能平安無事的，但應該還活著——看起來可能，應該是肯定地，暫時撤退了。

總之，這種情況下，曲識也不可能活下去。

為了殺掉零崎一賊的最後一人——在曲識控制下逃走的軋識，對方必須重新做好準備才行。

對方說過這是實驗。

有一種聽命於某人的感覺。

那麼應當不會想要收手吧。

——唉。

——這已是——與我無關的事情了。

聽聞自己的死訊後，軋識究竟會出現何種行動，說到底，曲識也不知道。

即使只剩下獨自一人，軋識應該會戰鬥吧。

也許會戰鬥。

但是——也曾有可能，他不會戰鬥。

他對家族成員的感情無庸置疑——但是，他也是人不可貌相。這一點，曲識迂迴地詢問了零崎雙識。

曲識知道——軋識有個愛慕的少女。

可以的話。

希望軋識可以為了這份愛情活下去——曲識心想。
正是因為這個原因。
單單因為這樣，所以曲識才讓軋識逃走。
他想這一定——可以變成零崎軋識的關鍵字的。
「……還——不錯啦。」
沒有後悔。
這個結果，他沒有後悔。
這個人生，他沒有後悔。
後悔——就是心靈的軟弱。
這種東西，對曲識沒有必要。
不過——儘管如此他還是會思考。
雖完成了目的——但我的心願完全沒有完成。
我的心願——沒有實現。
死也無所謂——反正這人生一開始就是死的。
一個人活著，一個人死去。
就是這麼一回事——就只是這樣。
然而——唯一的。
持續超過十年的心願，終究是沒能實現——結果就是在不斷的痛苦之中，在午夜的黑暗之中，一個人孤零零地逐漸死亡。
零崎一賊——是個為了笑著死去的集團。
非人惡鬼的，殺人鬼。
這樣子的一群傢伙，很像人類地在期望某件事情——也就是結黨。
為了像人類一般地活下去，變成了家人。
但是，死在那個橙色暴力手下的零崎一賊的人們，到底有多少人——是笑著死去的呢。
反正，惡鬼終究不是人類。
這個最後。
這個悲慘的最後。
距離那個完美的紅色，還很遙遠——
「嗯?什麼嘛，這不是零崎曲識嗎?」
一個聲音這麼說。
有生以來，他這雙眼睛第一次湧出淚水。彷彿是精確看準了這一瞬間——非常普通地。
非常非常普通地。
儘管是在這種深山之中，卻好像只是，在走廊跟隔壁班的學生錯身而過時，高中生會有的打招呼口吻。

「她」。

她——用這種感覺，過來觀察著，倒在地上的曲識的臉。

「……………」

「我不知道為什麼，最近老碰到零崎呢。」

全身用酒紅色加以鞏固的套裝身影。

理所當然一般地，緩緩地拿下紅色太陽眼鏡。

「我說你呀，這不是快要死了嗎？遜斃了——」

「……………」

即使十年不見——但一瞬間就知道了。

即使，成長了十年的份量——也是一瞬間就知道了。

在這裡的人就是，人類最強。

人類最強的承包人——哀川潤。

「啊……嗯，是呀。」

「挖得可真亂七八糟呀，這裡是在做什麼工程嗎？你是想蓋第二個養老天命反轉地嗎（註6）？哎呀，不過還真是剛好。我現在，正在找人——你有在這附近看到一直在亂重覆跟他說話的人說的話的討厭鬼嗎？」

6　養老天命反轉地為藝術家荒川修與搭檔詩人Madeline Gins合作，在日本岐阜縣養老町的養老公園內所興建的現代藝術建築，以無視一般的建築規則為特色。

儘管是久別十年的重逢——然而。

哀川潤，始終都是很平常地——沒說「好久不見」，也沒說「你怎麼會在這裡」，只是依照自己的方便持續說個不停。沒有絲毫氣息，沒有一點聲音，就這樣靠近到曲識的身邊來——就宛如十年前那樣。

「……………」

曲識能夠判別出哀川潤就是哀川潤是理所當然的。

曲識在，這十年之間，一直不停地在思念著她。

甚至思念到否定了身為殺人鬼的自己——

強烈地強烈地，不停思念。

但是——哀川潤，又為什麼可以判別出零崎曲識就是零崎曲識呢。

難道，她。

她還——記得我嗎？

記得我這樣不重要的人。

十年前，短暫的一晚，曾經跟她共同奮鬥過那短暫的一戰，這麼不重要的我——身經百戰的哀川潤，居然會記得！

「……呵、呵呵。」

一邊哭著——零崎曲識一邊笑了。

這並非橙色中帶著紅色感覺，這種迂迴的形式。

現在正好就是——紅過頭的紅色，在自己的面前。

為什麼哀川潤會在這裡，曲識並不知道。雖然她說是在找人——但也許是，她跟那個橙色小孩和右下露蕾蘿，或是那個似乎是存在於兩人背後，叫什麼「狐狸」的，這些人有什麼關係——

真相如何都不重要了。

只是單純地，**在這裡，這樣的場面中，與這種狀態的零崎曲識**，真的只是理所當然般地偶然相逢的人——就是人類最強的承包人，哀川潤這個存在，就只是如此而已。

比任何人都來得漫長的等待。

比任何人都來得明白應該出現的時間地點。

正因她是這樣的女人——所以才能改變曲識的人生，還有人生觀。

如果遇到哀川潤。

「哀川潤——」

如果能夠再度遇到那個給予曲識的人生關鍵改變，給予曲識的人生觀關鍵定論的，那個紅色少女——這是從十年前開始，就一直沒變的。

堅定信念直到成了頑固不變。

事到如今，曲識才察覺到。

察覺到自己的雙手，依然自動緊握著在充滿如此嚴重破壞的狀況底下也毫無毀壞的，罪口積雪交給他的黑色沙鈴——「少女趣味」。

我對這強度有信心——罪口積雪曾說過。

——積雪先生。

——我向我跟你之間不變的友情，乾杯。

揮動沙鈴之後——藉著這個聲音，零崎曲識站了起來。

曲識深藏的最後王牌——**就是操縱自己**。

藉著聲音，**用無視於自我意志的自我意志**——操縱自己的身體。

這是自己本身的事情。

相較於任何人的身體——相較於任何人的肉體。

應該更能夠盡情地操縱吧。

「我已經決定好了——這決定，一直都沒變。我決定，唯有這個技術，就是要為了妳而使用的。」

曲識——硬擠出了聲音。

不要緊。

儘管全身上下都劇烈疼痛——但是喉嚨沒事。

能夠唱歌——充分地。

可以為了她，唱歌。

「我要為了妳，引吭高歌。」

跟十年前不同了。

就像零崎曲識那個時候還不滿十五歲，哀川潤現在也已經不是紅色少女，而是個完全成熟的大人了。

可是，那個禁令已經沒有意義。

素食主義結束了。

來吧——現在是音樂的時間。

「咦？你什麼意思呀。你是希望我給你最後的致命一擊嗎？」

哀川潤——滿意地笑了。

抱著胳臂，似乎非常開心地笑了。

宛如十年前那樣。

那樣的笑容一般地——笑了。

「好吧好吧，那我就陪你打發點時間吧——你就不用廢話全力上吧。放心吧，我會嚴密地讓你偷工減料的——來吧，快點放馬過來吧。真是的，我等好久了。好不容易你才終於要來實現那個時候的承諾。」

——要再唱給我聽喔。

那一夜——紅色少女，確實這麼說過。

那句話，曲識不曾忘記。

不過——曲識從未自大以為，對方也會記得這件事。

即使如此。

「我很擔心你早就忘記了。我一直，很想要聽你唱歌——我呀，雖然非常討厭零崎，但是我最喜歡你唱的歌了。」

「這樣呀……」

這是，讓人喜不自禁的話語。

這份感情——如實地，表現在曲識的表情上。

即使是人稱厚臉皮、鐵面具的曲識，這也是讓他喜不自禁到——感情藏都藏不住的開心話語。

對曲識來說，他的關鍵字。

想都不用多想——就是哀川潤。

「……這樣，還不錯。」

「啥？」

曲識的這句話——卻讓哀川潤十分不痛快的樣子，頂嘴回來。

「你這什麼意思——本姑娘可是期待你很久了！什麼『還不錯』，不要講這種半調子的話啦。你給我好好地說，說『這樣很好』。」

「…………」

恰啦一聲。

零崎曲識揮動了黑色沙鈴——讓即將要崩毀的體內，死命地自律，迫使自律成立。

然後——

「說的也是。這樣說太沒禮貌了——我竟然會……這麼地，不像自己。」
他，這麼說。
接著——
「這樣很好！」
他說。
使盡全力，扯開喉嚨吶喊——朝著眼前的她，從十年前開始就一直在追求的她，從十年前開始就一直不停想望的她——哀川潤的懷中，彷彿是崩落一般地，撲了進去。

◆　◆

零崎一賊，「少女趣味」零崎曲識。
於將死之際——他的心願成真了。
至少還像是個人類——笑著死去。
閃閃發光的最後一瞬，他實現了生平的願望。
這確實是，他身為主角的瞬間。
他在最後演奏的曲子，是唯一一首沒有作品編號的曲子——十年前，在遇見紅色少女之後立刻作詞作曲，嘔心瀝血的一件創作。
標題叫做「辦家家酒」。

不過這是任誰都看得一清二楚的，初戀。

（第四樂章——終）

（演奏結束）

後記——

常說音樂是無法用文字來表現的，我試想這個原因究竟是什麼而有了各種新發現。譬如說聽到好的音樂，聽到好的歌曲，然而即使閱讀歌詞仍然只是歌詞掌握不到精髓，讚譽為名曲的旋律光讀樂譜看起來也只不過是樂譜，感覺就像這樣。這麼一想，像是連續劇、動畫或電影如果沒有背景配樂就會很寂寞。然而，為何會寂寞呢？為何會無法掌握精髓呢？只有樂譜無法感受到音樂嗎——不對，能感受到的人或許辦得到，但至少一般來說是無法感受到的吧。反過來說，如果閱讀小說時播放著充滿情感的歌曲的話，又是怎樣的感覺呢？是不是就像關掉音量的感覺呢？腦中所感受到的部分是不一樣的吧？若要形容音樂，有時是要用肌膚去感受的。用全身去接收音波——或許是這部分與文字的感受不同。聲音比文字更快大概是沒有錯的。而且，即使不懂歌詞的意思，不懂樂器的名稱，不知為何覺得好曲子就是好曲子，令人感到真是厲害。然而，雖然看不懂，但這本小說真厲害，基本上不會有這種事吧？

本書是以非少女不殺的殺人鬼，零崎曲識為主人翁的故事。像這樣以文字來表現感覺是很離譜的設定，但反正就是主角。操控音樂、操控聲音、操控人的殺人鬼——

在零崎一賊中也算是個奇人或怪人，總之是跟之前出現的其他兩位零崎三天王，零崎雙識、零崎軋識截然不同的傢伙，正因為如此，沒有比他更適合『人間人間』這個標題的人。本書有四個章節〈行囊樂園之戰〉、〈皇家王權飯店的音階〉、〈Crash Classic的會面〉、〈最後終極的生平願望〉，人間系列第三集《零崎曲識的人間人間》就是這樣的感覺。

以文庫本的形態出版之際，重新閱讀後不論是新的還是舊的，都有各種新發現，而這樣的發現能夠有所活用嗎？有的話就太好了。總而言之，感謝講談社文藝曲，不對，是講談社文藝局文庫出版部的照顧。也要向畫小說封面的竹老師獻上萬分感謝。人間系列之後還有以最終作為主題的《零崎人識的人間關係》，為四部曲畫下終幕。嗯，就是這樣。

西尾維新

浮文字

零崎曲識的人間人間

（原名：零崎曲識の人間人間）

作者／西尾維新　插畫／take
執行長／陳君平　榮譽發行人／黃鎮隆　譯者／曾玲玲
協理／洪琇菁　國際版權／黃令歡
執行編輯／呂尚燁　美術編輯／李政儀
企劃宣傳／楊玉如、洪國瑋、施語宸
發行／英屬蓋曼群島商家庭傳媒股份有限公司城邦分公司　尖端出版
台北市中山區民生東路二段一四一號十樓
電話：（〇二）二五〇〇－七六〇〇（代表號）
傳真：（〇二）二五〇〇－一九七九
中部以北經銷（含宜花東）／楨彥有限公司
電話：（〇二）八九一九－三三六九
傳真：（〇二）八九一四－五五二四
雲嘉經銷／智豐圖書股份有限公司　嘉義公司
電話：（〇五）二三三－三八五二
傳真：（〇五）二三三－三八六三
南部經銷／智豐圖書股份有限公司　高雄公司
電話：（〇七）三七三－〇〇七九
傳真：（〇七）三七三－〇〇八七
一代匯集／香港九龍旺角塘尾道六十四號龍駒企業大廈十樓B&D室
電話：（八五二）二七八三－八一〇二
傳真：（八五二）二七八二－一五二九
馬新經銷／城邦（馬新）出版集團　Cite(M)Sdn.Bhd
E-mail：Cite@cite.com.my
法律顧問／王子文律師　元禾法律事務所
北市羅斯福路三段三十七號十五樓
二〇二二年八月一版一刷

國家圖書館出版品預行編目資料

零崎曲識的人間人間 / 西尾維新 著 ; 曾玲玲譯 .
--二版.　--臺北市：尖端出版, 2022.08
面 ; 公分.--(浮文字)
譯自: **零崎曲識の人間人間**
ISBN 978-626-338-028-8(平裝)

861.57　　111007682